슈퍼우먼 아니어도 괜찮아

나를 온전히 사랑하자

슈퍼우먼 아니어도 괜찮아

김한송 지음

도서
출판 **청 연**

들어가는 글

'내 삶을 전하는 용기'

"어머님. 잠시 학교에 나와 주셔야겠습니다."

"아, 네. 선생님. 무슨 일이 있나요?"

"형태가 같은 반 아이들과 다투다가 불미스러운 일이 생겨서요."

심장이 절제가 안 되게 쿵쾅거리며 뛰기 시작했다. 별일이 아니길 바라며 학교로 향했다. 큰 아이가 중학교 2학년 때 일이다. 선생님은 자초지종은 학교에서 이야기 나누자면서 전화를 끊었다. 전화를 주신 선생님은 1학년 때 담임선생님이었고, 학생주임 직책을 맡고 있었다.

큰 아이는 또래 아이들에 비해 성장속도가 빨랐다. 6학년 겨울방학 때 급성장을 했다. 키가 훌쩍 크고 얼굴 모습도 조금씩 변하기 시작했다. 마음속에 반항심도 조금씩 자라고 있었다. 사춘기가 빨리 찾아왔던 것이다. 어려서부터 모험심이 강했고 뭐든 스스로 해보려는 호기심도 많았다. 그래서인지 학습욕구도 높아서 스스로 학원을 보내달라고 할 정도였다. 공부도 제법 잘했고 활동적이었던 큰 아이를 자유롭게 키웠다. 자신의 생각을 분명하게 표현하고 좋고 싫음이 정확한 아이였다. 무엇이든 스스로 결정하게 했고, 생각이 나와 맞지 않을 때에도 차분하게 대화를 하며 이해시켰다. 그런데 사춘기가 오더니 부쩍 말과 행동이 거칠어지기 시작했다. 나와 이야기도 잘 나누었었는데 중학생이 되고부터는 말수도 없어졌다. 앳된 얼굴도 점점 변해갔다. 눈빛이 흔들리고 있었다. 공부도 예전처럼 집중하지 못하고 게임을 하거나 친구들과 어울려 다녔다. 아이의 타고난 기질을 알고 있었기에 나는 더 믿어주고 더 많은 대화를 이어가야겠다고 다짐했다. 하지만 점점 방황하는 아이를 보고 있는 마음은 속이 타들어갔다. 그럼에도 나는 아이가 분명히 원래대로 돌아올 수 있음을 믿고 기다렸다.

학교에 가보니 아이는 교무실에서 무릎을 꿇은 채 말 없이 고개를 떨구고 있었다. 친구들끼리 한바탕 싸우고 나면 더 끈끈해지고 친해질 수 있는 사소한 일이었다. 하지만 아이가 평소에 반항적이고 태도가 바르지 않다는 이유로 선생님은 아이를 더 권위적으로 대했다. 친구를 때린 건 물론 잘못한 일이다. 그렇다면 선생님의 역할이 무엇일까. 아이의 마음을 들여다보려는 노력은 하지 않고 문제아 취급을 하고 있다는 생각에 화가 났다. 하지만 그건 어디까지나 부모의 마음이었다.

"어머님도 교육을 하고 계셔서 아시지 않습니까. 아이를 이렇게 방치하시면 되겠습니까?"

선생님의 그 말 한마디가 내게 큰 상처를 줬다. '방치'라고? 정말 교육자로서 하고 싶은 말은 많았지만 엄마는 죄인이었다. 무조건 죄송하다는 말을 남기고 아이를 데리고 나왔다. 내 아이를 믿어주는 것과 별개로 아이의 태도를 다잡고 더 가르쳐야 하는 몫은 내게 있었다. 한적한 곳에 가서 아들의 이야기를 들었다. 아들은 학교생활 안에서의 억울함을 내게 토로했다.

"엄마, 내가 학교에서 먼저 친구를 때리거나 먼저 선생님께 반항한 적은 없어. 마음잡고 열심히 하려고 하면 학생주임 선생님은 나를 미워해. 아무것도 안했는데도 복도를 지나가면 '너 또 사고 치냐?' 이렇게 말하고 기분 나쁘게 손가락으로 머리를 치고 가실 때가 한 두 번이 아니야. 그럼 난 더 반항심이 생겨."

아이의 말을 믿고 들어주었다. 하지만 잘못한 행동에 대해선 단호하게 나무랐다.

"네가 방황했던 1학년 때의 모습이 학교에서 너의 이미지가 되어 버린 것 같구나. 억울할 수도 있지만 그럴수록 달라진 모습을 보이면 선생님도 너를 함부로 대하지 않으실 거야. 엄마는 널 믿어. 하지만 사람들은 보이는 것만 생각하거든. 너의 작은 행동도 크게 볼 수 있어."

아직은 어리고 철없는 아이였다. 선생님도 한창 철없는 많은 아이들을 이끌어 가느라 얼마나 힘이 드실까 생각이 들었다. 하지만 성장 과정의 아이들을 격려해주지 않으면서 억누르고 제압하려고만 하는 교사의 태도도 생각해볼 문제였다. 타고난 기질이 모두 다른 아이들이 모여있는 곳이 학교다. 학교라는 곳이 미성숙한 아이들을 성장시키는 곳인데 참 암담했다. 물론 선생님들 중에도 열린 사고로 아이를 지켜봐주고 격려해주는 분들도 많았다. 아들의 기질은 자유롭고 창의적이었다. 억지로 강요하거나 윽박지르면 더 어긋날 것 같은 불안감이 밀려왔다. 앞으로 학교생활이 평탄치 않을 것 같아 마음이 답답했다. 그래도 나는 엄마였다. 의연한 모습으로 괜찮다고 말해주고 행동이 격해지지 않도록 주의하자고 격려했다. 아들에겐 내색하지 않았지만, 엄마로서 깊은 상처를 남겼다. 교육에 대한 의미를 다시금 되새겨 보았다. 가르치고 이끈다는 것이 새삼 더 힘든 일로 다가왔다.

살면서 가장 힘들다고 느꼈던 순간은 엄마가 되는 일이었다. 그저 낳고 기르기만 하는 것이 엄마가 아니었다. 아이의 잘못이 곧 엄마인 나의 잘못으로 연결되었다. 자식을 키우면서 마음 졸이지 않는 엄마가 얼마나 있을까. 항상 언제 무슨 일이 있을까 조바심을 내며 지냈다. 나를 키웠던 우리 엄마도 그랬을 거다. 하루는 아이가 학교에서 돌아와 이렇게 말했다.

"엄마, 엄마가 우리 반 선생님이면 좋겠어. 엄마라면 우리 반 아이들과 즐겁게 수업도 하고 하루를 행복하게 보낼 수 있을 것 같아."

그 말이 좋으면서도 한편으로는 우리나라의 교육방식과 교사들의 권위에 대해 안타까운 생각이 들었다.

상처라고 생각했던 그 일이 계기가 되어 나는 더 배우고 공부할 수 있었다. 타고난 기질과 성향이 모두 다 다르게 태어난다. 내 아이를 잘 교육시키기 위해 기질과 성격에 대해 책을 읽고 공부했다. 부모교육도 기회가 될 때마다 열심히 들었다. 뿐만아니라 자녀와의 대화법이나 부모로서 자녀와 소통하는 방법을 배우고 적용했다. 무조건 권위적이고 아이의 내면을 알려고 노력하지 않는 학교 선생님들도 이런 교육을 배웠으면 좋겠다고 생각했다. 배움 속에서 내가 해야 하는 사명과도 같은 꿈이 싹 터 올랐다.

아들을 키우면서 세상을 배웠다. 엄마로서의 경험을 통해 세상의 잘못된 소통방식도 배웠고, 그에 따른 대처 방법도 알게 되었다. 아들의 사춘기로 인해 오히려 내가 더 성장하게 된 것이다. 모든 순간에는 다 때가 있다. 아이를 온전히 믿어주고 타고난 강점을 살려 더 당당하게 살아갈 수 있음을 가르쳤다. 그 덕분에 아이는 자기 자신을 가장 사랑하는 방법을 잊어버리지 않았다. 열심히 꿈을 향해 앞으로 나아가고 있다. 부모의 믿음만큼 더 좋은 교육이 어디 있을까.

"인생은 멀리서 보면 희극. 가까이에서 보면 비극." 영국의 희극배우 '찰리 채플린'이 남긴 명언이다.

우리 인생은 항상 비극만 있지도, 희극만 있지도 않다. 과거 아픈 상처나 경험은 죽을 것처럼 힘들고 어려운 비극이라고 느낀다. 하지만 시간이 지나고 그때를 떠올리면 잘 이겨내고 지나왔음을 알고 웃음 짓기도 한다. 지금 우리들의 인생에 펼쳐지는 수많은 일들이 고난이 되기도 하고 축복이 되기도 한다는 것이다. 중요한 것은 나의 상처를 어떻게 바라볼 것인가 하는 문제다. 상처로 느껴졌던 순간들이 결국 이겨내기 위한 다양한 경험을 할 수 있었고, 더 큰 것을 바라볼 수 있는 계기가 되었음을 고백한다.

25년 동안 유아교육에 몸담고 일했다. 다양한 아이들과 부모, 교사를 만났다. 그들의 삶에 용기를 얻을 때도 있었고, 내가 그들을 위해 아낌없이 내 삶을 전해줄 때도 있었다. 그 다양한 경험이 지금의 나를 더욱 단단하게 만들었다. 꿈을 향해 조금씩이라도 전진하게 해 주었다. 힘든 경험에서 느낀 상처가 더 이상 상처가 되지 않을 수 있음은 그 계기로 더 성장하는 삶으로 나아가게 해 주었기 때문이다.

이 책을 읽는 모든 사람이 자신의 아픈 마음을 다 꺼내놓았으면 좋겠다. 그리고 힘들었던 순간의 나의 마음을 안아주자. 그 경험이 귀하고 가치 있는 삶으로 기록된다면 더 이상 아프지 않을 것이라고 말하고 싶다. 삶을 마주하는 순간이 누구에게나 어렵다. 다만, 용기를 낼 뿐이다. 오늘도 나는 한 글자 한 글자 내 삶을 기록하며 나아간다.

〈작가 김한송〉

차 례

제1장

말에 심장이 베이다

1. 느린 아이 빠른 엄마

"엄마, 나 엄마랑 있을 거야. 유치원 안갈 거야."

"민지야 엄마랑 약속했잖아. 오늘 선생님이 엄청 재밌는 거 보여주신대. 친구들 기다리니까 빨리 가야지."

"엄마는 어디 갈 건데. 엄마 또 늦게 올 거잖아."

"아니야. 오늘은 진짜 금방 올게."

"엄마는 동생만 데리고 어디 갈 거잖아."

한걸음 뗐다가 또 딴청피우고, 잔디밭에 가서 뒷걸음질 치고, 엄마 얼굴 한번 보고 까르르 웃고, 도망가듯 달려가고… 한참을 바라보아도 민지는 유치원에 들어올 마음이 없어 보인다.

'민지가 오늘 울지 않고 유치원에 기분 좋게 들어와야 엄마도 마음 편하게 가실 텐데.' 직장에 가는 엄마의 마음을 누구보다 잘 알기에 웃고 있으면서도 걱정이 되었다.

그렇게 한참 시간이 지난 뒤, 같은 반 친구가 들어오니 민지도 엄마랑 새끼손가락 걸고 입맞춤하고 손을 흔들고서야 들어온다. 민지가 들어오는 모습을 보고 허겁지겁 뛰어 출근하시는 엄마의 모습에 많은 생각이 들었다. 바쁘지만 그래도 아이를 위해 끝까지 기다려주고 좋은 기분으로 하루를 시작하게 해주는 엄마가 아이에게 최선을 다하는 좋은 엄마라고 느껴졌다.

아이들을 보면 엄마가 궁금해진다. 어떤 가치관을 가지고 아이를 키우는지. 민지는 집에서 엄마와 어떻게 지낼까? 엄마와 아이가 코드가 맞으면 하루하루가 즐겁지만 성향과 기질이 전혀 다를 때엔 힘든 상황이 생기기 마련이기 때문이다.

어릴 적 내 모습은 소심하고, 말이 없었던 전형적인 새침떼기 아이였다. 먹는 것도 느리고 행동도, 학습능력도 다른 아이들에 비해 모든 것이 다 더딘 아이였다. '느리다'는 특징을 저절로 알아내진 못했다. 엄마의 말 한마디 한마디를 통해 내가 뭐든 빠르지 않은 아이라는 것만 인지할 뿐이었다.

"좀 빨리빨리 해라. 서둘러야지. 왜 맨날 넌 늑장부리고 가만히 있어?" 마음속으로 '지금 하고 있는데. 왜 맨날 재촉하시지?' 이런 생각을 하곤 했다. 또 "아이고, 답답해." 이 말을 수도 없이 들었다. 내가 엄마 말을 그렇게 안 듣는 아이가 아닌데 왜 난 답답한 딸이 되었을까. 말수도 없었지만 생각하고 있는 말을 입 밖으로 꺼내기가 힘들었다. 엄마한테 말대답 하는 것은 우리 집에선 있을 수 없는 일이었다. 감히 상상조차 안 되는 일이다.

난 유치원을 다니지 않았다. 그 당시만 해도 지금처럼 모두가 유치원에 다니던 시대는 아니었다. 기본 학습을 다 엄마에게서 배웠다. 숫자쓰기, 글자쓰기, 시계 보는 법, 한글공부 등등. 항상 엄마는 조급하게 나를 채근하셨고, 공부를 가르쳐주실 때 엄마가 하는 말을 잘 못 알아들을 땐 혼나기 일쑤였다.

나중에 이모들이나 외가 식구들에게 들은 말인데 우리 엄마는 학창시절 내내 1등을 놓치지 않은 공부 잘한 학생이었다고 한다. 그러니 자녀들에게 거는 기대도 크셨을 것 같다. 지금에서야 엄마를 조금 이해할 수 있을 것 같지만 엄마의 말 때문에 마음속에서는 상처가 새록새록 자라고 있었다. 초등학교에 가기 전 엄마는 산수(지금 수학 과목), 국어, 한문 등등 많은 것을 가르쳐 주셨다. 엄마랑 공부를 하는 시간. 제일 어렵고 힘들고 떨리는 시간이었다. 왜 이렇게 어려운 것을 가르치시는 걸까. 엄마의 마음을 이해하기엔 어린 나이였고, 안 한다고 도망치기에도 여리고 힘없는 아이였다.

모르는 것이 있어도 입이 떨어지지 않아 쉽사리 물어보기가 어려웠다. 나도 엄마처럼 똑똑해지고 싶다는 생각을 많이 했다. 학창시절 통 털어 엄마보다 더 무서운 선생님은 아직까지 만나보지 못했다.

초등학교 3학년을 올라가기 전 겨울방학. 동생과 나는 엄마와 공부를 했다. 그 날은 시계 보는 방법을 배웠다. 큰 바늘과 짧은 바늘, 숫자 1부터 12를 가지고 시간개념을 공부했다. 1분은 60초, 1시간은 60분. 지금은 밥 먹는 것보다 더 쉬운 사실이지만 그땐 왜 그렇게도 어려웠을까. 한참을 설명을 듣고 공부를 하고 나면 엄마는 집에 걸려있는 커다란 벽시계를 가리키면서 몇 시인지 말해보라고 문제를 내셨다. 큰 바늘과 작은 바늘이 사이좋게 나란히 포개져서 숫자 12를 가리키고 있어서 난 한참 망설이다 말했다. "12시 60분이에요." 동생은 옆에서 나를 비웃듯이 웃었고, 엄마는 한심하다는 듯 무슨 말이냐고 다그치셨다. 배워가는 과정이니 차분히 설명해주셨다면 좋았을 텐데. 난 울적했다. 항상 공부를 하고 나면 기분이 안 좋아졌고, 칭찬은커녕 답답하다는 말을 들었기 때문에 공부가 더 하기가 싫었다. 나도 잘하고 싶은데 마음처럼 잘 안되고 늘 야단맞은 기억만 남아있다.

요즘 아이들은 자기가 원하는 방법을 엄마 뱃속에서부터 다 알고 나오는 걸까. 아니면 하나하나 자기의 감정이 중요하다고 요즘 엄마들이 그렇게 알려주며 키우는 걸까. 기분이 좋지 않을 때 왜 안 좋은지, 갖고 싶은 것이 있을 때 뭘 갖고 싶은 건지 똑똑하게 말로 표현하는 아이들을 보면 참 신기하다. 그런 장면을 볼 때마다 나의 어린 시절이 저절로 떠올려진다. 아이는 느린데 엄마는 급한 성격이다보면 아무래도 아이를 더 혼내고 야단치게 되는 상황은 많아질 것이다. 아이마다 생각 주머니가 다르다. 담아낼 그릇도 다르다. 하지만 생각이 없지는 않다. 다르다는 것을 인정해야 하지만 모든 부모가 내 아이만큼은 다른 아이에 비해 탁월하게 두각을 나타내길 바란다. 아이의 타고난 기질을 알고 발달상황을 파악하고 지켜봐 주는 것이 부모의 가장 중요한 역할이다. 부모도 한때는 아이였다는 사실을 잊고 산다. 부모가 되면 서두르지 않고, 기다려주고 들어주리라 생각하지만 막상 내 아이에게는 욕심이 생기는 것이 인지상정인가보다. 느려도 괜찮으니 끝까지 해낼 수 있다고 격려해주고 기다려주는 엄마가 되어야 한다. 아이가 만나는 최초의 선생님은 바로 '엄마'이기 때문이다.

2. 혼자 울던 밤

어릴적부터 눈물이 많았다. 속상해서 울고, 아파서 울고, 혼나서 울고, 나는 많이 울었다.

어른이 되고 난 뒤에도 TV에서 눈물 흘리는 장면이나 슬픈 장면을 보면 어김없이 눈물이 났다. 왜 이렇게 눈물이 많은 걸까. 교사가 된 이후로 아이들의 우는 모습을 볼 때가 많았다. 못 본 척 지나칠 때도 있고, 달래주어야 할 때도 있다. 눈치가 빠르고 영악한 아이들은 그 순간을 모면하기 위해 거짓눈물을 흘릴 때도 많기에 교사의 노련함도 필요하다. 얼마 전 TV 속에서 어린 아이답지 않게 엄마를 이해하려고 노력하면서 많이 우는 아이를 봤다. 저 아이의 마음속에 말 못할 어떤 상처가 있는 것일까.

그 아이의 눈물과 함께 어릴 적 나의 모습을 떠올렸다. 오빠와 남동생 사이에 나는 외동딸로 태어났다.

딸이 하나라 과보호 속에서 온실 속의 화초처럼 여리게, 예쁘게 자랐다. 그런데도 어릴 적 나는 별로 행복 하다고 느낀 적이 없었다. 왜일까. 야무지지 못했다. 항상 별일이 아닌데도 눈물부터 났다. 혼이 나거나 동생과 다투고 나면 그 서운하고 힘든 감정이 오래 남아 있었다.

이란성 쌍둥이로 태어났다. 내가 태어나던 해 1970년도. 그때만 해도 쌍둥이는 흔치않았다. 쌍둥이에 대한 좋지 않은 괴담(한명이 죽을 수도 있다는 소문)도 많이 들렸고, 주위에 쌍둥이로 태어난 아이들도 없었다. 더군다나 나와 동생은 이란성이라서 남자와 여자가 동시에 태어났으니 시선이 곱지 않았던 시대였던 것 같다. 동생과 나는 쌍둥이로 태어났다는 사실도 6학년이 되어서야 알게 되었다. 요즘은 쌍둥이들이 많이 태어나서 시선이 자연스럽다. 그리고 더 사랑받고 귀하게 자란다. 지금 생각해보면 우리 엄마는 자녀들을 지키는 힘이 대단했다. 쌍둥이라서 남들에게 혹여나 좋지 않은 말을 듣게 하고 싶지 않으셨나보다. 오빠에 비해 우리들에겐 더 무섭고 엄하게 가르치셨다. 동생이랑 내가 쌍둥이라는 사실을 알지 못했을 때부터 나는 항상 동생과 비교 속에서 자랐다. 동생은 느린 나에 비해 뭐든 빨랐다. 머리도 영리했고, 행동도 빠르고 눈치도 백단이었다. 학습능력도 뛰어나서 시험성적은 항상 나보다 더 월등했다. 차라리 내가 동생이면 좋겠다는 생각도 했다.

초등학교 4학년 2학기. 시험이 끝나고 시험지를 받아오는 날. 집에 가는 발걸음이 무척이나 무거웠다. 긴장하면 더 실수가 있는 법이다. 내 대신 누군가 시험을 봐주면 좋을 것 같다는 생각도 많이 했다.

그날도 떨리는 마음으로 집에 들어갔다. 동생은 시험을 잘 본 모양이다. 표정이 말해주었다. 시험지를 꺼낸 순간, 청천벽력과도 같은 엄마의 음성이 귓가에 맴돌았다.

"넌 대체 누굴 닮은 거니. 엄마는 시험 보면 항상 1등이었는데. 복습도 했는데 이렇게 많이 틀렸어?"

한숨 쉬는 소리. 엄마의 혼잣말이 내 심장에 큰 못으로 박혔다. 풀이 죽었다. "대체 누굴 닮은 거니"라는 말은 나에게 큰 상처를 남겼다. 엄마의 말 한마디에 항상 예민하고 신경이 곤두서 있었기에 그때 그 일이 더 울보가 된 발단이 되었다. 그날 밤 잠들기 전 하염없이 울었다. '내가 엄마아빠 딸이 아닐까? 그래서 난 칭찬도 안 해주고 혼만 내는 걸까?' 계속되는 질문은 한없이 나를 더 움츠러들게 했다. 그런 생각들은 자책으로 이어졌다. '그러니까 네가 좀 더 잘했어야지. 네가 엄마아빠 딸이 아니면 이젠 어떻게 할 건데.' 눈물은 멈추지 않았다. 생각이 꼬리에 꼬리를 물던 그날 밤 나는 베갯잇을 흠뻑 적시며 울고 또 울었다.

초등학교 저학년 때까지는 엄마가 가르쳐 준대로 공부를 곧잘 했다. 하지만 고학년이 되자 문제의 난이도가 어려워졌다. 책상 앞에 오래 앉아 있었지만 그만큼의 결과는 나오지 않았다. 시험기간이 다가와도 신나게 놀았던 동생은 머리가 영리해서 인지 항상 나보다 좋은 성적으로 엄마한테 칭찬을 받았다. 공부가 하기 싫었다. 공부를 왜 하는지 따져 묻고 싶었다. 기분이 좋다가도 성적표를 들고 집에 돌아가는 나의 발걸음은 항상 무거웠다. 결과가 좋지 않더라도 다음부터 잘하면 된다는 엄마의 따뜻한 격려의 말을 듣고 싶었다. 하지만 예외 없었다. 엄마한테 칭찬받고 싶은 마음은 굴뚝같았지만 생각처럼 되지 않았다. 못하면 더 하기 싫고 자신 없어졌다. 엄마와 공부하는 그 시간이 지긋지긋하게 싫었다. 마음이 늘 어두웠고 슬픈 눈물이 가득했다.

매일 일기를 쓰고 있다. 일기를 써보면 나의 하루가 고스란히 보인다. 꿈이 있고 그것을 이뤄내기 위해 느끼고 깨달은 점들이 빼곡히 적혀있는 것을 보고 있으면 흐뭇해진다.

서랍을 정리하다 낡은 작문노트를 발견했다. 중학교 때부터 썼던 습작노트였다. 한참 감수성이 폭발하던 시기에 쓴 글들이 지금 읽어보면 웃음이 나지만, 그때 쓴 글은 순수하고 맑은 마음을 그대로 대변해주고 있었다. 울고 웃던 그 시절의 감정들이 소박한 언어로 채워져 있었다. 사소한 말에도 소심하게 상처받고 눈물지었던 나의 유년 시절은 참 많이 아팠다. 강인하게 훈련시키고 좀 더 단단해지라고 키운 엄마의 양육방식이 있어 이만큼 잘 살고 있을지도 모른다. 그래도 혼자 조용히 울던 밤은 외롭고 아팠다. 아픈 마음을 누군가에게 말로 표현할 수 있었다면 얼마나 좋았을까.

말은 정말 중요하다. 아니 어쩌면 말이 전부일수도 있다. 뜻 없이 내뱉는 농담 하나도 누군가에게는 강력한 메아리로 돌아와 오래도록 담아진다. 오래 묵힌 김치가 깊은 맛을 내듯이 생각할 때마다 꺼내면 힘이 나고 살아있음을 느낄 수 있는 말이 우리 안에 가득 담아지면 좋겠다. 특히 대충 던져지는 어른들의 말 한마디가 아주 깊은 상처로 남을 수 있는 아이들에게 하는 말은 신중해야 한다. 아이의 인격을 존중해주는 말을 할 줄 아는 어른이 많아지면 좋겠다.

3. 가슴앓이는 끝나지 않고

고 3이 된지 딱 보름이 되던 날. 그날도 어김없이 야간 자율학습을 했다. 학교에서 1시간가량 버스를 타고 멀리 학교를 다녔기에 집에 오면 11시가 다 되었다. 집으로 걷는 발걸음이 지치고 무거웠다. 몇 걸음만 걸으면 집인데. 집 앞에 처음 본 환한 등이 하나 켜져 있었다. 늦은 시간인데 사람들이 우리 집 현관에 모여 있었다. '무슨 일이지?' 왠지 모를 두려움이 엄습해왔다.

"다녀왔습니다."

현관에 들어서자 이모, 이모부, 친척들이 다 모여 내 손을 잡고 눈물을 흘렸다. 엄마는 어디 계시냐고 묻고 안방으로 들어갔다. 엄마와 오빠 동생이 나를 기다리고 있었다. 그리고 아빠는 창백한 모습으로 누워 계셨다.

"한송아, 아빠와 마지막 인사 나눠야지."

나는 무슨 상황인지 파악이 안됐다. 오빠와 동생은 울고 있었다.

엄마는 자녀들이 놀라지 않도록 슬프지만 의연하게 아빠와 마지막 인사를 했다. 아빠가 우리를 보고 마지막 유언이라도 했으면 좋았으련만. 아빠는 이미 숨을 거둔 상태였다.

아빠의 손을 잡았다. 따뜻했다. 아빠의 마지막 모습. 고 3이면 어린 나이는 아니었는데 난 정말 이해가 되지 않았다. 병원에서 한 달 남짓 입원을 하셨고, 이제 회복만 앞두고 있었는데. '1주일 전까지만 해도 활짝 웃으셨고, 우리들과 즐겁게 이야기도 나누시던 아빠였는데 왜?' 죽는다는 것이 어떤 의미인지 몰랐다. 죽음이란 영원히 헤어지는 것임을 그땐 몰랐다. 실감나지 않았다. 너무 충격적인 일이었다.

아빠의 온기가 느껴진 손을 잡을 수 있는 것도, 그날이 마지막 이었다는 것도 한참 시간이 지나서야 알았다. 가슴이 먹먹했다. 너무도 갑작스러운 비보였다. 아빠는 나에게 언제나 든든한 백그라운드였는데.

아빠는 고등학교 미술 선생님이셨다. 참 따뜻하고 다정한 분이셨다. 딸 하나라고 유독 나를 많이 예뻐하셨다. 그렇다고 내가 애교가 넘치는 아이도 아니었는데, 그저 귀하고 소중한 사랑을 듬뿍 주셨다. 오십이 넘은 나이지만 아직까지도 소녀감성이 살아있음도 아빠의 성품을 닮았기에 그런듯하다. 낭만이 있었고, 글을 잘 쓰셨고, 언제나 위트와 재치가 넘치셨다. 제자들에게도 인기 만점이셨던 우리 아빠. 그런 아빠를 나는 많이 좋아했다. 우리 집은 항상 유화물감 향이 번졌다. 아빠는 멋진 화가로 활동도 많이 하셨다. 쓱쓱 화판에 밑그림을 그리면 어느새 풍경화가 되는 장면은 늘 신기하기만 했다.

장례는 집에서 3일장으로 치러졌다. 먼 길을 떠나는 아빠를 보내드리는 것만으로도 벅차고 힘들었다. 그런데 오는 사람들에게 음식을 대접하고, 그 음식을 사람들이 먹고 있는 모습도 어린 마음에 이해가 되지 않았다. 음식을 입에 대지 않는 나를 보고 이모들은 밥을 든든히 먹어야 한다고 말했다. 사람이 죽었는데 어떻게 음식을 입속에 넣는단 말인가. 사람이 너무 놀라고 당황하면 말이 안 나온다는 것을 그때 실감했다. 그저 눈이 통통 붓도록 울기만 했다.

집에서 조금 떨어진 작은 오솔길을 따라 걷다보면 나만의 아지트가 있다. 그곳에서 나는 시를 썼고, 노래를 흥얼거렸다. 혼자 머무는 그 시간이 참 좋았다. 속에 있는 내 마음을 넌지시 터놓을 수도 있고, 조용히 사색에 잠길 수도 있었다. 차가 다닐 수 있는 넓은 길을 두고 일부러 그 오솔길을 다녔다. 답답했던 내 마음도 뻥 뚫리는 것 같고, 마치 내 마음을 알아주고 들어주는 것 같아 좋았다. 그곳을 알려준 사람은 아빠였다. 아빠와 함께 그 길을 함께 걷고 산책도 했었다. 아빠는 안계셨지만 물어보고 싶은 일이 있을 때, 힘든 일이 있을 때 그곳에 가서 멍하니 앉아서 아빠를 떠올렸다.

한창 열심히 공부하고 대학 진학을 위해 몰두해야 할 때 나는 방황했다. 한동안 아빠의 환청이 들렸고, 금방이라도 오실 것 같아 현관문을 열어두기도 했다. 죽음은 그런 것이었다. 보고 싶어도 보지 못하는 것. 만지고 싶어도 만지지 못하는 것. 사랑한다고 말하고 싶어도 그 말을 들어줄 이가 없다는 것. 우리 삼남매는 울지 않으려 노력했다. 우리가 울면 엄마는 더 가슴 아파 하실 것을 알기에.

아빠의 유품을 정리했다. 그리고 우리는 아주 귀하고 소중한 것을 발견했다. 아빠의 음성이 녹음 되어있는 테잎이었다. 기타를 치면서 노래를 부르기도 하셨고, 하루하루 일과를 일기 쓰듯 음성으로 남겨 놓으셨다, 우리들은 아빠가 마치 살아 돌아오신 것처럼 서로를 부둥켜안았다.

그리고 평소 아빠가 하셨던 작고 소소한 약속들을 떠올렸다. 그리고 다짐했다. 거짓말 하지 않기, 엄마 말씀 잘 듣기, 공부 열심히 하기, 매일 일기쓰기, 친구의 힘든 일을 모른 척 하지 않기, 옷은 깔끔하게 다려 입기, 운동화는 제 손으로 빨기, 무거운 것은 남자들이 들기… 수많은 아빠의 가르침들을 유언삼아 그것을 실천하기로 했다. 그때부터 오빠는 아빠 대신이었다. 아주 어리고 철없었지만 셋이 있으니 잘 참고 공부하자고 서로를 위로했다. 그리고 엄마 앞에서는 절대 눈물을 보이지 않도록 노력하자는 다짐도 빼놓지 않았다. 가슴 아프고 힘들었지만 정신이 번쩍 들게 한 그날을 영원히 잊지 못할 것이다.

삼남매는 그렇게 철이 들어가고 있었다.

소중한 사람을 잃는다는 것은 평생 가슴앓이를 하고 사는 것이다. 아빠의 갑작스런 죽음은 우리의 삶을 더 단단하고 꿋꿋하게 일어서게 했다. 스스로 해야 할 일을 찾아가고, 더 독립적인 사람으로 살아야 한다는 무언의 다짐이 생겼다. 갑작스럽게 떠난 아빠가 우리들에게 하고 싶은 말이 무엇이었을까 생각해 본다. 우리의 삶은 어떻게 흘러갈지 모른다. 단 하루도 단언할 수 없다. 살면서 심장을 흔들게 하는 강렬한 기억은 지금을 다시 살게 하는 힘이 있다. 아빠가 보고 싶다.

4. 나에게 말을 걸다

'말 한마디가 천 냥 빚을 갚는다.' 이 속담은 어릴 적부터 수도 없이 듣고 자랐다. 누구나 그랬듯이 말이다. 집에서도 학교에서도 어른들은 항상 이 말을 마치 마법의 주문처럼 되뇌면서 강조했다.

'도대체 천 냥 빚을 어떻게 말로 갚는다는 거지? 천 냥은 지금 돈으로 따지면 대체 얼마야?' 다소 엉뚱한 생각까지 들게 만드는 저 속담을 엄마는 틈만 나면 강조하셨다. 말을 그만큼 조심하라는 뜻이기도 했고, 말 한마디라도 잘 하면 잘못한 일도 용서받을 수 있다는 뜻으로 해석했다.

그런데, 왜 엄마는 내게 말할 틈을 주지 않았을까. 말을 꺼내기가 오랜 시간이 걸리는 아이였기에 이해도 되지만, 내가 들었던 말은 모두 엄마의 '화'에서 비롯되었다는 사실을 어른이 되고나서야 알게 되었다. '화'는 유년시절에 겪었던 많은 일들과 현실적으로 감당해야 할 일들이 쌓여 분출하는 것이라 생각한다. 엄마의 어린 시절을 알고 싶었다.

7남매 중 큰딸로 태어나셨다. 7남매의 막내가 외삼촌이다. 시대적인 배경에 딱 들어맞지 않은가. 아들을 출산하기 위해 딸을 줄줄이 낳던 시대. 요즘이라면 상상도 안 간다. 그때는 아들 선호사상이 너무 앞서 있어서 남동생을 위해 누나들의 희생이 당연시 되었던 때이다. 외할아버지는 교장 선생님이셨다. 누가 봐도 교육자 집안이고 자식들의 교육을 앞장서서 가르치셨을 것 같지만 실상은 달랐다. 어릴적부터 책읽기 좋아하고, 똑똑하고, 야무진 엄마로 자랐다. 학교에서도 항상 우수한 성적으로 공부도 잘했다. 동생들에게 언니는 우상 같은 존재였을 것이다. 여자가 학교는 가서 뭐하냐며 고등학교 진학도 말리시던 외할아버지의 뜻을 꺾고 1등으로 입학했다. 대학교 교육도 충분히 받을만한 자격이 되는 아까운 인재였다고 생각된다. 잘은 모르지만 외할아버지도 당신이 펼치고 싶은 뜻을 맘껏 세상에 보이지 못해 많은 응어리가 있으셨던 것 같다. 큰딸로서 동생들을 책임지고 가장역할까지 해야 했던 엄마가 참 살기 팍팍하고 힘들었겠구나 생각이 들었다. 그래서 엄마는 자녀들에게만큼은 당신이 못했던 공부도 많이 시키고, 남부럽지 않게 키우고 싶은 욕구가 강하셨던 것이다. 내 엄마라서가 아니라 시대를 잘 타고 났다면 여성으로서 사회에 공헌도 많이 할 수 있는 멋진 커리어 우먼이었을 거라 자부한다. 엄마의 어린 시절 배경을 알고 나니 엄마를 이해하는데 훨씬 도움이 되었다. 엄마를 이해해야 했다, 엄마가 하라는 대로 내 생각은 없는 채로 지낸 나의 유년시절은 그래야 했다. '엄마도 다 뜻이 있을 거야.

나 잘되라고 그러시는 거야.' 마음속으로 늘 이런 말을 되뇌었다. 나는 점점 의지력이 약한 아이가 되어갔다.

한 번도 내가 선택을 해본 기억이 없다. 내가 스스로 생각하고 행동하고 판단할 틈이 없었다. 느린 기질의 아이로 태어나서 쌍둥이 동생과 끊임없는 비교와 열등감에 사로잡혀 있었다. 그때부터인 것 같다. 다른 사람의 의견에 다 맞춰주는 것이 스스로를 지키는 일이라는 생각을 하게 되었던 순간이.

엄마는 누구보다 가정에 최선을 다했고, 모든 사람에게 따뜻하고 정 많은 분이셨다. 하지만 자녀들의 교육에서만큼은 너무 엄격했고, 지나칠 정도로 예민했다. 내가 원하는 것이 무엇인지 생각할 틈조차 없었다. 엄마의 기준에서 만족할 수 있는 것들을 가르치셨다. 스스로 좋아하고, 하고 싶은 마음이 들어야 무엇이든 즐겁게 할 수 있는데. 모든 것을 엄마 뜻에 맞춰야 한다는 사실에 숨이 막혔다. 싫으면 싫다고 말하고, 하고 싶으면 하고 싶다고 말했어야 했다. 그 말을 내뱉지 못하니 언제나 가슴이 꽉 막혀 있었다. 말해봤자 본전도 못 찾는 상황이 많아 아예 입을 꾹 다물어 버리게 되었다. 느린 나에게는 생각을 정리할 시간이 필요했다. 엄마가 조금만 더 기다려주었더라면 얼마나 좋았을까.

앞서 말했듯이 나는 소심하고, 뭐든 느리고, 말수는 더더욱 없었던 아이였다. 그리고 늘 하고 싶은 말이 머릿속에서만 맴돌았다. 그래서인지, 말을 잘하진 못했지만 말에 관심은 많았다. 정작 많은 사람들 앞에서 말하는 것은 무섭고 떨렸지만, 혼자 있을 때 거울을 보면서 혼잣말을 하기도 하고, 길을 걷다가도 혼자 종알종알 이야기하듯 말을 하는 습관이 있었다. 지금 생각해보니 나의 내면에 자꾸 말을 걸어주는 이는 다름 아닌 나 자신이었던 것이다.

학창시절 수업시간에 아는 내용도 발표하기가 두렵고 겁이 났다. 손을 들까 말까 망설이기만 하다 종이 쳐 버릴 때가 한 두 번이 아니었다. '자신감 있게 말하고 싶다'는 생각을 꾸준히 한 덕분에 지금은 그 트라우마를 극복했다. 언제까지 엄마를 원망할 수는 없었다. 내 성격을 들여다보기 시작했다. 당당하게 말을 못하는 내가 보였다. 부족하다고 스스로 느꼈다. 중학교 2학년 때부터 스스로 달라지기 위해 노력했다. 행동이 느리면 손해보는 것이 많아진다고 느꼈다. 점심시간 도시락도 빨리 먹으려고 노력했다. 과제를 해서 발표를 해야 하는 날이 되면 하고 싶은 말을 머릿속으로 정리해서 말하는 것을 연습했다. 말을 잘하고 싶어서가 아니라 남에게 실수하는 말을 하게될까봐 나 스스로 고민하고 절제했다. 연습을 하면 못할 것이 없었다. 나 스스로 달라지려고 노력하니 조금씩 자신감이 생겼다.

교사가 되어 아이들과 수업을 하고, 학부모를 상담할 때 나는 편했다. 나 자신에게 말을 걸어주었던 습관 덕분이었다. 내 안에서 나오는 말들이 부정적인 말이 없다는 것. 그것은 다른 사람과의 관계를 매끄럽게 할 수 있는 기본적인 태도를 갖출 수 있는 힘이었다. 부정적인 말을 들었을 때에도 스스로 걸러내는 필터역할을 난 이미 갖고 있는 셈이었다. 결정적인 순간에 상대와 편하게 말을 나누는 사람이 되었다. 누구든 나와 이야기 하면 마음이 편해진다고 상담을 요청하기도 했다. 결국 누구의 탓을 하지 않고 끊임없이 스스로에게 용기를 주고 노력한 덕분이었다.

'오늘은 나에게 어떤 말을 걸까?'

5. 세상에서 가장 나쁜 말

아이가 있는 맞벌이 가정의 대부분의 엄마들은 초인적인 힘으로 버틴다. 나도 그랬다. 직장에서 종일 시달리고 집에 오면 또 다른 직장에 출근한 듯 정신없는 저녁시간. 그날도 쫓기듯 오자마자 가족들의 저녁식사를 준비했다. 식사가 끝나면 대충 치우고 초등학생 두 아들의 준비물이나 과제를 점검해주느라 마음이 바빴다. 피아노 위를 정리하려고 저금통을 들었다 내려놓았다. '어라? 왜 이렇게 가볍지?'

순간 엄마로서의 촉이 곤두섰다. 꽤 오래전부터 잔돈이 생기면 무조건 넣어두었었다. 그리고 아이들에게도 저금하는 습관을 길러주려고 함께 동전을 넣으면서 무거워진 저금통을 들어보곤 했었다. 그런데 이게 웬일인가? 불과 며칠 전에 들었던 무게와는 꽤 큰 차이가 느껴졌다. 몇 분 후 우리 집은 그야말로 아수라장이 되었다.

"형태야, 혹시 너 저금통 손댄 적 있니?"

이제 막 초등학교 3학년이 된 큰아들은 눈을 동그랗게 뜨면서 "아니, 난 안 만졌는데?"하고 말했지만 놀란 기색이 역력했다.

"그래? 근데 정말 이상하네. 저금통이 왜 이렇게 가볍지?"

엄마의 유도심문에 약간 눈빛은 흔들렸지만 시치미를 뚝 떼고 자기 방으로 들어갔다. 나는 괜히 아들을 의심했나 하는 생각에 멈칫했다가 저금통을 자세히 보았다. 그 저금통은 돼지모양이었고, 돼지코를 잡아당기면 동전을 꺼낼 수 있도록 만들어져 있었다. '맞아. 저 모양이 귀엽다고 하면서 동전을 넣었지?' 왜 엄마의 예감은 틀린 적이 없을까. 우리 엄마가 그랬던 것처럼 말이다.

"형태야 엄마가 널 혼내려는 게 아니야. 사실대로 말하면 용서해줄게."

속에서는 천불이 났지만 최대한 감정을 다스리고 엄마가 아닌 교사처럼 차분하게 말했다. 아들은 끝까지 거짓말을 했다. 둘째도 불러서 똑같이 물었다. 분위기는 순간 범죄현장을 목격한 경찰이 취조를 하듯 고요했다.

"엄마가 세 번째 묻는 거야. 엄마가 다 알고 있지만 네가 말해주길 바라거든. 정말 네가 손대지 않았어?"

"응. 난 안했는데.."

아까보다 훨씬 떨리는 목소리였다. 나는 그 자리에서 저금통을 내 머리위에서부터 바닥으로 다 쏟아 부었다. 큰 아이는 깜짝 놀라며 갑자기 울면서 그제서야 잘못했다고 울기 시작했다. 이미 몇 번의 기회를 줬는데 거짓말을 한 아들의 버릇을 고쳐야겠다고 생각했다. 단호하게 말했다.

"너한테 너무 실망했어. 거짓말해도 괜찮다고 말해주는 엄마 있으면 그 엄마한테 가!"

거짓말을 하고 뒤늦게 서야 잘못을 인정하는 아들을 보니 어린 내가 보였다.

그날은 엄마와 아빠가 부부동반 모임을 하고 늦게 귀가하던 날이었다. 모처럼 우리 삼남매는 자유를 만끽했다. 엄마가 못 보게 하는 TV만화 프로그램도 실컷 보고 일기 쓰는 것도 잊은 채 술래잡기도 하고 신나게 놀았다. 목이 말라 부엌에 갔다. 그런데 10원짜리 동전이 여러 개 쌓아져 있었다. 순간, 갖고 싶은 충동이 일었다. 동전을 세어보았다. 딱 7개. 70원이면 그때 당시 사먹을 수 있는 과자가 많았다. 20원이면 껌 한통을 살 수 있었고, 30원이면 맛있는 하드(아이스크림)도 사먹을 수 있었다. 나의 선택은?

무수히 많은 고민 끝에 30원을 몰래 주머니 속으로 숨겼다. '아무도 모를 거야. 다 가져간 것도 아니잖아.' 누가 물어보지도 않았는데 괜한 혼잣말을 중얼거렸다. 문제는 여기서부터였다.

뜨끈한 붕어빵을 사오셨다. 우리는 맛있게 먹었다. 양치질을 하고 잠자리에 들려고 하는데 엄마는 버럭 소리를 지르셨다.

"누가 부엌에 있는 동전 만졌니!"

심장은 벌렁대기 시작했다. '어떻게 아셨지? 동전 세 개밖에 안 가져 갔는데.' 오빠와 동생은 아니라고 말했다. 나도 시치미를 뚝 뗐다.(내 아들이 그랬던 것처럼) 평소 엄마는 불같은 성격이셨다. 특히 불의를 보면 참지 못하셨고, 자녀들에게는 예의와 기본인성을 아주 엄격히 가르치는 분이셨다. 엄마가 모를 거라고 생각하고 감히 거짓말을 하다니 어디서 그런 용기가 난걸까. 속으로는 후회되었지만 차마 입이 움직이질 않았다. 사실대로 말하고 싶었는데 그럴 수가 없었다. 보나마나 난 오늘 매를 맞던지 쫓겨나던지 할 테니까. 결국 난 겁보답게 주머니에 있던 동전을 꺼내서 잘못했다며 엉엉 울면서 용서를 구했다. 하지만 엄마는 거짓말을 했다는 사실에 엄청 화가 났다. 결국 나는 대문 밖으로 쫓겨났다. 그때 알았다. 혼이 나더라도 절대 거짓말은 하면 안 된다는 것을. 또한, 작은 것이라도 내 것이 아니면 절대 욕심 부리지 않아야 된다는 것을.

그 일이 있은 후, 나는 더 주눅 들고 자신없는 아이가 되었다. '내가 왜 그랬을까' 하는 자책감 때문에 괴롭고 힘들었다. 내가 잘못한 일이기에 그냥 쿨하게 받아들이고 '다음부터 안 그러면 되지, 뭐.' 하고 아무렇지 않게 훌훌 털고 일어나는 것이 나는 잘 안되었다. 나 자신을 원망하게 되었지만 그 일은 내게 중요한 가르침이 되었다.

큰 아이는 어엿한 성인이 되어 자신의 꿈을 향해 열심히 나아가고 있다. 거짓말 때문에 엄마에게 혼났던 기억이 아직도 생생하다고 했다. 아들은 지금도 말한다. 엄마의 정신 번쩍 들게 한 교육덕분에 자기가 절대 거짓말을 하지 않는 사람이 되었다고. 맞다. 나도 엄마의 강력한 정신교육과 더불어 거짓말은 해서는 안 되는 일임을 알게 되었으니까 말이다.

세상에서 가장 나쁜 말은 무슨 말일까. 거짓말보다 더 나쁜 말. 나를 속이는 말이 아닐까 생각한다. 거짓말을 했다는 사실보다 나 스스로에게 실망했기에 아픈 기억이 오래 남았다. 그 덕분에 나도 내 아이에게 안 되는 것에 대해 단호하게 대처할 수 있었다. 마땅히 가르칠 것에 대해서 지나치게 허용을 하는 것은 아이를 망치기 쉬운 지름길이다. 무거운 쇳덩어리로 머리를 한 대 쾅 하고 얻어맞은 듯 한 자극도 우리 삶에는 필요하다.

6. 건반 위에 쏟아낸 분노

40년 가까이 나와 함께한 오랜 친구를 떠나보냈다. 항상 내 곁에서 나를 지켜주고 나의 기분을 알아주고 함께해 준 든든한 친구였다. 마치 든든한 기둥 하나가 쏙 빠져 나가버린 듯 한 기분이었다. 부모님이 남겨주신 유일한 유산 '피아노'를 처분했다. 그저 덤덤히 보내주었는데 가고나니 온몸에 힘이 쫙 빠지고 함께했던 시간이 파노라마처럼 스쳐지나갔다.

피아노를 여섯 살 때부터 배웠다. 여자는 악기 하나쯤 배워놓으면 도움이 된다며 엄마가 없는 형편에도 꼬박꼬박 학원에 보내주셨다. 피아노를 막 배우기 시작할 무렵엔 흰건반 검은 건반만 치는 게 전부였다. 그야말로 겨우 손가락 두개만 움직이는 수준. 그런데 학원에 다니는 언니들은 달랐다.

열손가락이 현란하게 피아노 건반 위를 날아다녔고 나의 딩동 소리와는 달리 너무도 멋진 선율을 만들어냈다. 나도 열심히 연습해서 언니들처럼 잘 치고 싶다고 다짐하면서 배웠다. 집에서 피아노 교본에 그려져 있는 악보에 손가락을 올려놓고 배운 것을 잊지 않기 위해 매일 매일 연습했다. 피아노가 없으니 학원에서만 칠 수 있었다. 한번은 엄마 친구 집에 따라간 적이 있었다. 그 집은 엄청 크고 넓었다. 그리고 피아노도 있었다. '와, 부자 집은 역시 다르네. 진숙이는 좋겠다. 피아노도 매일 칠 수 있고.' 부러웠다. 피아노가 있으면 매일 매일 연습할 수 있겠지. 그러면 학원에 다니는 언니들처럼 실력이 쑥쑥 늘 수도 있을 텐데. 며칠 후 엄마를 따라 또 한 번 그 집에 따라갔다. 진숙이는 나보다 두 살 어린 동생이었다. 피아노 있다고 자랑하면서 으스댔다. 선심이라도 써주는 듯 나더러 피아노 쳐봐도 된다고 하면서 자리를 내어주었다. '와, 갖고 싶다, 피아노.' 그날 이후 계속 피아노가 어른거렸다. 먹을 욕심도 없고 물건에 대한 소유욕도 없던 내가 처음으로 갖고 싶은 것이 생긴 것이다.

어느 날, 아빠가 갖고 싶은 것이 있는지 물었다. 오빠와 남동생은 말을 하는데 나는 차마 말을 못하고 머뭇거렸다. 그 당시 피아노는 어마어마한 거금을 들여 사는 아주 비싼 물건이었기에 갖고 싶은 피아노는 그저 환상 속에 있을 뿐이었다. 우리 집은 부잣집도 아닌데 그런 걸 사달라고 하면 괜히 엄마아빠 기분이 불편할 것 같았다. 어릴 적부터 나는 철이 빨리 들었을까? 밑져야 본전이니 그냥 말할걸. 후회가 되었다. 1년 후, 나는 중학교 2학년이 되었고 제법 들을만할 정도로 실력이 늘어갔다. 선생님의 칭찬에 나는 더 즐겁게 배웠다. 가끔은 내가 치고 싶은 곡을 내 멋대로 미리 연습하다가 선생님께

혼이 나기도 했지만 피아노를 치는 일은 참 즐거웠다.

　무더운 어느 여름날 평소보다 일찍 집에 왔는데 깜짝 놀랄 일이 눈앞에 펼쳐졌다. 그토록 갖고 싶었던 피아노가 내 눈앞에 있는 것이 아닌가.

"엄마 어떻게 된 거예요?"

"뭐가? 피아노잖아. 네가 그렇게 갖고 싶어 한 피아노."

"피아노 엄청 비쌀 텐데."

"아빠가 진즉에 사주려고 생각하셨어. 네가 피아노 갖고 싶어 하는 거 다 아셨지. 열심히 쳐봐."

　깜짝 놀라서 입이 다물어지지 않았다. 너무 좋은데 어떻게 말로 표현이 되지 않았다. 피아노 의자에 앉아서 건반을 눌러보는데 신기했다. 우리 집에도 피아노가 있다니. 아빠가 오시길 그날처럼 손꼽아 기다린 적도 드물었다. 아빠가 집에 오셨을 때 눈물이 왈칵 쏟아졌다.

"아빠 너무 감사합니다. 피아노 열심히 배우고 연습 할게요."

"나중에 아빠가 좋아하는 노래 신청하면 쳐줄 수 있는 거지?"

　활짝 웃으며 꼭 안아주셨다.

　며칠 동안은 피아노 앞에만 앉아있었다. 학교 다녀오면 피아노부터 쳤다. 밥을 먹고 나서도 피아노 삼매경에 빠졌다. 그런데 시간이 지날수록 피아노 소리는 줄었다. 그렇게 원하고 갖고 싶었던 피아노였는데, 막상 내 앞에 있으니 시큰둥해지기 시작했다. 피아노는 얼마나 서운했을까. 한 달 정도는 줄기차게 피아노 소리가 울려 퍼졌는데 그 뒤로는 이 핑계 저 핑계를 대면서 피아노 앞에 앉는 시간이 점점 줄어져갔다. 아빠는 쉬는 주말이면 어김없이 나의 피아노 연주를 듣고 싶어 하셨다. 그런데 점점 피아노 치기가 싫어져 연습도 잘 안 하게 되고 학원도 빼먹기 일쑤여서 실력은 더 나아지지 않았다. 그래도 아빠는 딸에게 나중에 훌륭한 피아니스트가 될 거라고 치켜세워주셨다. 아빠 앞에서만큼은 완벽하게 한곡이라도 틀리지 않고 연주해 보고 싶었다. 소음이 아니라 제대로 된 연주를 들려드리고 싶었다. 학원에서 연습을 열심히 하면 집에서 소리는 조금 더 나아지지 않을까. 그때부터 피아노 명곡집에 있는 곡을 하나씩 연습했다. 빠른 템포로 연주하면 멋있게 들리는 '소녀의 기도'와 '은파'가 대표적이었다. 그렇게 피아노와 밀당을 하며 시간을 보냈고, 여고생이 되어 나는 음대에 진학하겠다는 포부가 생겼다. 고등학생이 되니 음악시간에 피아노를 잘 치는 사람은 반주를 할 수 있었다. 여섯 살 때부터 갈고 닦은 피아노 솜씨니 뭐 내 실력이면 선생님도 놀라시겠지. 천만에 순전히 착각이었다. 우리 반에 합창부 반주자가 있었는데 전교에서 가장 피아노 잘 치는 아이였고, 반주는 물론 연주도 기가 막힐 정도였다. 그때부터 학교에서 수업이 끝나면 나는 곧장 학원에 가서 몇 시간씩 연습을 했다. 음악시간에 반주해야 할 악보를 가져와 틀리지 않으려고 몇 번씩 연습을 했다. 하지만 음악시간 반주자는 당연히 내가 아니라 그 친구였다. 이상하게도 음악실 피아노앞에만 앉으면 실수의 연속이었다. 괜히 화가 나고 질투가 치밀어 올랐다. '뭐야 내 실력이 이정도 뿐이었나? 왜 저 애가 우리 반인거지?' 그렇게 생각이 삐뚤어지니 이젠 좋아했던 음악선생님마저도 미웠다. 그 친구만 예뻐서 나를 봐주시지 않은 것 같은 불만이 생겼다. 한마디로 자격지심에 친구도 선생님도 다 적이 되어버린 것이다. 그런 생각이 들 때마다 나는 미친 듯이 피아노를 쳤다. 그 친구는 서울로 음대진학을 목표로 하고 있던 친구였다. 알고 보니 주말에는 비행기를 타고 서울로 레슨 을 받고 온다고 했다. 나와는 모든 것에서 비교가 되지 않은 수준이었다. 피아노 건반위에 짜증과 분노를 모두 던졌다. 하다못해 모차르트 소나타를 연습할 때는 얼굴도 모르는 음악의 대가조차 미웠다.

"왜 이렇게 16분 음표를 많이 만들어서 힘들게 하는 거야."

'부러우면 지는 거다'는 말을 이제는 긍정적으로 해석할 수 있지만, 그땐 너무 어리고 철없기만 해서 그 말이 나를 더 힘들게 했다. 그 친구를 부러워하는 데만 온 집중을 했기에 내가 정한 목표에 몰입하지 못했다. 연습을 하면 할수록 내 실력은 그다지 나아지지 않았다. 그 부러움에 이미 난 져버린 것이다. 나도 서울로 가서 레슨을 받고 싶었다. 나의 열등감으로 인한 화살은 가정형편, 더 나아가서 피아노를 치게 해준 엄마에게로 향했다. '재능도 없는데 왜 가르쳤을까.' 말도 안 되는 탓을 했다. 결국 나는 고 2때 스스로 음대진학을 포기했다. 어느 누구도 내게 강요한 적도 없고 하지 말라는 말도 없었는데 혼자 멈추기를 결정했던 것이다. 누군가에게 도움을 요청할 줄도 몰랐고, 혼자 헤매며 마음 아파했다. 지금 다시 그 여고생을 만날 수 있다면 그냥 아무 말 없이 꼭 안아주고 싶다.

비록 음악대학을 가진 못했지만 오래 배워둔 피아노 덕분에 유아교육과에 가서 여고시절 때 맘껏 하지 못한 반주를 맡았다. 성당에서도 10년 넘도록 반주봉사도 했다. 결정적으로 어린 나이에도 피아노 교습소를 운영하는 장이 되었다. 유아교사로 생활할 때에도 피아노를 쳐주면 아이들은 다 내 팬이 되었다. 학부모를 초대하는 자리에서도 멋진 연주를 들려줄 수도 있었다. 원을 이끄는 원장이 되어서도 피아노앞에 앉으면 아이들에게도 인기 만점이었다.

한때는 나의 전부라고 말할 수 있었던 피아노를 가슴속에 귀한 추억으로 간직한다. 늘 나와 함께 해준 오랜 나의 벗에게 그동안 고생했고 진심으로 고마웠다고 전한다. 피아노가 있던 자리에는 새로운 꿈의 공간으로 나만의 글쓰기 방이 만들어졌다.

7. 내가 듣고 싶은 말

11월 29일은 내 생일이다. 동생의 생일이기도 하다. 생일날에 나는 동생과 전화를 주고받으며 서로 축하한다는 말을 건넨다. 미역국은 먹었냐면서 서로 웃는다. 쌍둥이로 태어나 다투기도 많이 했지만 재밌었던 추억거리도 많다. 오빠같은 쌍둥이 동생. 잔정이 많고 속 깊은 동생이다. 간만에 동생의 목소리를 들으니 옛 생각이 난다.

"너 반말하지 말라 했지!"

동생이 나를 누나라고 부르지 않을 때 마다 버럭 화를 냈다.

"야~ 네가 왜 누나냐? 나보다 키도 작고 힘도 약하면서 이를테면 일러라 흥."

"엄마! 병훈이가 또 반말했어!"

씩씩거리며 엄마한테 가는 나에게 동생은 아주 얄미운 표정을 지으며 달아난다. 동생은 항상 이런 식이다. '나를 골탕 먹이는 재미에 태어났나?' 하는 생각을 매일 했다. 그래도 엄마가 있어서 든든했다. 항상 나를 골려먹는 재미에 빠진 동생을 따끔하게 혼내는 사람은 엄마뿐이니까. 엄마는 항상 냉정했고, 위계질서를 아주 중요하게 생각하셨다.

초등학교 5학년 때 늘 미워하는 동생을 달리 보게 되었던 사건이 있었다. 2교시가 끝나고 종이 치면 전교생 모두가 운동장으로 모여 체조도 하고 음악에 맞추어 포크댄스도 추던 시간이 있었다. 중간놀이라고 불렀다. 그때 선생님들은 여자 남자 서로 짝꿍끼리 손을 잡으라고 하셨다. 손잡기 싫은 친구가 한둘이 아닌데, 대체 왜 꼭 손을 잡게 하셨는지 모르겠다. 그날도 어김없이 남자애와 손을 잡고 포크댄스를 추는 시간이 돌아왔다. 난 손을 잡기 싫어서 아이스크림 다 먹고 버려진 나무막대기를 주웠다. 그리고 그 친구에게 막대기 끝을 잡게 했다. 겨우 그 시간이 지나고 운동장에서 교실로 들어가려는데 아까 그 남자아이가 내 기다란 머리를 뒤에서 마구 잡아당기며 놓아주질 않았다. 갑작스러운 일이라 당황하고만 있었는데 "퍽"하고 누군가 그 아이를 때리는 소리가 들리고 내 머리카락은 자유로워졌다. 뒤를 돌아보니 세상에나 내 동생이 있는 게 아닌가. 그리고 귓가에 맴도는 소리. "너 한번만 더 우리 누나 건드리면 가만 안 둔다!" 그러고 나서 내 얼굴도 보지 않고 달려갔다. '어라 이게 뭐지?' 씩 웃음이 났다. '나만 보면 못 잡아먹어서 안달이더니 뭐야 백마 탄 왕자처럼 언제 달려와 나를 구하고 가네.' 그날 이후로 남자아이들이 내 앞에선 얼씬도 하지 않고 장난도 걸지 않았다. 언제라도 동생이 달려와 자기들을 때릴까봐 겁이 났나보다. 지금도 생각하면 속이 뻥 뚫린다. 짓궂은 남자아이 시원하게 한방 먹이고 날 구해주고 쏜살같이 달아난 내동생의 멋진 모습이 눈에 선하다.

　새로 이사 온 집에도 겨울이 찾아왔다. 그때만해도 지금보다 지구가 오염되지 않고 환경이 깨끗해서였을까? 한번 눈이 오면 내 무릎까지 쌓이는 폭설이 오곤 했다. 몸이 약한 나는 겨울이 오면 추위를 많이 탔다. 그에 반해 동생은 아주 건강했다. 5학년 겨울방학이었다. 함박눈이 펑펑 내려 온 산과 들이 하얗게 뒤덮였다. 며칠 동안 눈이 내리고 매섭게 바람이 불어오니 더 추운 날씨였다. 정원 잔디밭에 쌓인 눈을 동생과 힘을 합쳐 큰 뭉치로 만들었다. 우리는 커다란 눈사람을 만들기로 했다. 동생은 대롱대롱 매달린 고드름도 따고 나뭇가지도 따와서 예쁜 눈사람을 만들었다. 손발이 꽁꽁 얼어붙는 것 같았지만 마냥 신났다. 오빠는 우리들에게 추운데 그만하고 들어오라고 신신당부를 했다. 그리고 엄마가 절대 먹지 말라던 라면을 몰래 끓여주었다. 그 맛은 지금도 잊을 수 없는 최고의 맛이었다. 며칠 후, 동네 친구들이 동생을 불렀다. 썰매를 타러 가자고 했다. 난 감기에 걸려서 꼼짝 못하고 집에 있었다. 썰매는 집 뒤 오솔길의 언덕에서 탔다. 경사진 곳 위에서 비료비닐이나 큰 돗자리를 구해다가 친구들은 썰매를 탔다.

　"누나야~ 누나는 집에 있어. 내가 다녀와서 말해줄게."

한참을 뜨뜻한 아랫목에서 이불을 덮고 누워있었다. 금세 어둑어둑해졌다. 동생은 가슴에 뭘 가득 품고 왔다.

"누나야 이거 먹어. 내가 누나 줄라고 다른 친구들 못 먹게 하고 가져왔어."

동생이 펼쳐놓은 것은 맛있게 보이는 군고구마였다. 겉이 타진 껍질을 벗겨내니 샛노란 고구마 알맹이가 먹음직스러웠다. 맛있는 고구마를 대체 어떻게 구웠는지. 그러다 불이라도 나면 어쩌려고. 동생은 나와 달랐다. 활동적이고 적극적이었다. 한입 베어 물었는데 눈물이 왈칵 났다. 아파서 마음이 약해져서 그랬을까. 동생이 참 고마웠다. 늘 티격태격 다투는 일이 잦았지만 나를 챙기는 마음이 느껴졌다. 그때 동생한테 고맙다고 왜 말을 못했을까.

이제는 알 것 같다. 동생에게서 들은 말 '누나야' 이 한마디가 나는 살면서 힘이 되었다는 사실을.

나이들어 철이 들었는지 동생입장을 생각해보았다. 자기보다 더 작고 약한 쌍둥이 남매에게 '누나'라고 부르기도 쉽지 않았을 텐데. 동네 어른들이나 엄마아빠 친구들이 우리를 보면 "아이고 한송이는 좋겠네. 오빠가 둘이나 되고." 쌍둥이라는 것을 알면서도 사람들은 항상 헷갈려 했다. 이런 말을 할 때마다 나는 그냥 지나치지 않고 바로 정정했던 기억이 난다.

"제가 누나에요. 저 애는 제 동생이에요."

다른 말은 잘 하지도 못하면서 한순간도 동생이고 싶진 않았던지 꼭 그렇게 말하곤 했다. 지금도 동생은 항상 나를 "누나야"하고 다정하게 불러준다. 밥은 먹었는지, 몸은 괜찮은지, 알뜰하게 물어봐주는 동생이 있어 난 든든하고 좋다. 살면서 얼마나 누나노릇을 했을까 반성을 해본다.

8. 삶과 죽음의 경계

사회생활을 하면서 조문을 가야하는 경우가 많이 생겼다. 돌아가시는 원인은 다양했다. 나이가 들어 자연스러운 죽음도 있었지만, 갑자기 사고로 이 세상을 떠나는 분도 있고, 투병 중에 결국 삶을 마무리할 수밖에 없는 죽음도 있다. 조문을 가면 으레 연세가 몇인지 여쭤본다. 동료 원장님 아빠가 돌아가셔서 조문을 가게 되었는데, 78세의 나이로 생을 마감하셨다는 말을 들었다. 모두들 요즘 세상에 너무 아쉬운 나이라며 입을 모았다. 난 집으로 돌아오는 길에 '뭐가 아쉽다는 거야? 그 정도 사셨으면 충분한거지. 우리 엄마아빠 돌아가신 나이를 생각하면 엄청 오래 사신 거네 뭐.' 혼자 투덜거렸다. 부모님 생각도 나고 너무 짧은 생을 살다 가신 두 분 생각에 마음이 울적해졌다. 옆에 있을 때는 모른다. 대부분 자식들은 부모가 당연히 내 곁에 늘 있어줄 것이라는 착각을 하며 산다. 예고 없이 찾아오는 죽음 앞에서 의연하게 대처할 수 있는 사람은 없을 것이다. 혼자 이런저런 생각을 하다 보니 부모님의 생의 마감나이가 새삼 아프고 안타까웠다. 열아홉 살에 아빠의 죽음을 보았고, 10년 후 또 엄마의 죽음을 맞이해야 했다.

엄마는 내가 결혼하던 그 다음해 암 선고를 받았다. 큰 아이 출산
을 앞두었을 무렵 알게 되었다. 모든 가족들은 다 알고 있었는데 나
만 까마득하게 모르고 있었던 것이다. 뱃속에 있는 태아가 잘못될까
봐 알고서도 모두 입을 다물었다. 그 사실을 알고 1주일 이상 눈물이
멈추지 않았다. 어디서부터가 잘못된 것일까. 평소에 엄마 건강을 좀
신경써 드릴걸. 딸 하나 있는 게 하나도 도움이 되지 못하는 것 같아
괜한 죄책감에 시달렸다. 지금도 '암'이라는 병은 너무 무섭고 막막
한 병명 중에 하나지만, 그때 당시(약 25년 전)만해도 죽음을 예고하
는 한 단어로 통했다. 오빠는 군대에 가 있었고, 나는 출산을 앞두고
있었다. 동생이 모든 것을 포기하고 엄마를 살리기 위해 곁을 지켰
다. 서울 암센터에서 항암치료중인 엄마를 만나러 갈수도 없고 그저
걱정되고 불안한 마음에 몇 날 며칠 밤을 눈물범벅이 되어 지냈다.

아이가 태어났다. 산모가 얼마나 심한 스트레스 상태였으면 아이
가 태어날 때 울지 않았다고 했다. 생명이 위독할 수도 있는 찰나에
수술을 해서 나는 기억도 없다. 엄마의 위중한 상황에 새 생명의 탄
생소식은 모든 가족들의 고단함과 아픈 마음을 순간이나마 치유해
주었다. 아이를 낳으니 더더욱 엄마가 보고 싶었다. 나는 하나도 낳
기 이렇게 버겁고 힘든데, 어떻게 쌍둥이를 낳으셨을까 생각하니 그
냥 가슴이 뭉클하고 쓰라렸다. 엄마를 대신해 시어머님이 산후 몸조

리를 도맡아 해주셨다. 엄마의 빈자리가 느껴지지 않도록 지극정성 살펴주셨다. 아이가 태어난 지 3주가 되었을 때 아이를 데리고 친정에 갔다. 병원치료를 마치고 집에 오신 엄마를 첫 대면할 때 그 떨림은 아직도 생생하다. '아~ 암이란 존재는 이렇게 무서운 거구나.' 젊고 예쁘고 활발했던 엄마의 모습은 온데간데 없었다. 독한 항암제 때문에 머리는 다 벗겨져 있었다. 걷기조차 힘들 정도로 깡말라버린 몸을 보고 엄마가 아닌 다른 사람이라고 생각될 정도였다. 아니 분명 다른 사람이었다. 엄마를 볼 수가 없었다. 숨 쉴 기력조차 없이 누워 계신 엄마 곁에 아이를 눕혔다. 아이를 꼭 안고 한참을 보고나서 한마디 하셨다.

"고생했다, 우리 딸."

기적이 일어났다. 죽어가는 생명 앞에 어린 새 생명이 만든 기적. 암 말기 환자에게 수술은 둘 중 하나였다. 살 수 있는 1%의 희망이냐, 수술 중 기꺼이 죽음을 맞이하는 포기냐. 우리 가족은 희망을 선택했다. 결과는 대성공이었다. 길어봐야 2개월 정도밖에 못 사실 거라고 말한 의사선생님도 이런 기적은 자기가 맡았던 환자들 중 처음이라고 했다. 생사의 기로에서 한 가닥 희망을 품으면 얼마든지 살아낼 의지가 생기고 이겨낼 수 있다는 것을 보았다. 우리 가족은 엄마가 빨리 회복하실 수 있도록 애썼다. 암 환자들은 한 끼 한 끼가 중요하다. 억지로 먹어도 독한 약은 온몸의 장기들을 약하게 만들기에 다 토해내기 일쑤다. 밥맛이 조금 좋을 때 다음 치료가 잘 진행될 수 있도록 든든히 먹어두어야 한다.

다섯 이모들의 노력이 눈물나게 감사하고 고마웠다. 회복에 좋은 음식을 정성스레 만들어주셨다.

엄마는 첫 손자를 한번이라도 더 보고, 더 안고, 더 놀아주고 싶어서 부단히 힘을 내셨다. 힘든 내색도 하지 않으셨고, 적극적으로 치료에 임하셨다. 병원과 집을 오가던 중 집에 오시면 항상 아이를 데리고 갔다. 옹알이를 하는 아이를 보고 점점 웃음이 많아지셨고, 아이와 많은 교감도 하시면서 하루가 다르게 건강이 좋아지셨다. 엄마는 아이를 평소에도 얼마나 예뻐하는지, 동네 아이들은 죄다 업고 다니면서 봐주실 정도였으니 손자는 오죽하셨을까. 내가 직장에 다니는 시간에 잠시 아이를 봐주실 만큼 예전의 활기를 되찾아가고 계셨다.

2개월밖에 남지 않은 시한부 인생에서 기적처럼 다시 예전의 모습으로 회복하고 4년을 사셨다. 결국 몸의 다른 장기에 전이가 되어 암이 재발되어 돌아가셨다. 큰 아이 막 다섯 살이 되었을 때다. 다시 아프셔서 누워계실 때 엄마는 입버릇처럼 말씀하셨다. "내가 욕심이 생기는구나. 아이들 초등학교에 들어가기 전까지라도 살아서 봐주고 싶은데." 죽음의 문턱에서 다시 살아날 힘을 아이에게서 얻으신 것이다. 지금도 문득문득 엄마의 살아 계실 때 음성이 들린다.

나이가 들수록 더더욱 조문 갈 일이 많아졌다. 이젠 예전처럼 생각하지 않는다. 90세, 100세가 되어도 죽음은 한번뿐인 것이다. 지극히 단순한 사실을 오랜 시간이 지나서야 깨달을 수 있었다. 내 부모의 마지막이 애처로워 다른 이들의 아픔을 온전히 공감하지 못했다. 가족들에게, 특히 자녀들에게 부모를 보내드리는 일이 결코 쉽지 않음을 알기에 조문객으로서의 마음이 달라졌다. 주위 지인들의 애경사가 있을 때 나는 철칙 하나가 있다. 결혼식과 장례식을 가야 하는 날이 겹친다면 꼭 장례식을 우선 순위에 둔다. 갑작스런 죽음 앞에서 휘청거리고 주저앉은 지난날의 내 모습이 떠올라 손 붙잡고 위로해주고 싶은 마음이 들기 때문이다.

삶과 죽음의 경계는 언제 어디에서나 볼 수 있다. 다만 그 일이 내가 경험하지 못하면 와 닿지 않을 뿐이다. '있을 때 잘해라.'는 말은 우리가 살면서 많이 듣는 말이지만, 거창하게 생각할 일은 아닌듯하다. 말 한마디 따뜻하게 건네고, 살갑게 바람이라도 쐬어드리고, 내가 할 수 있는 작은 일에 최선을 다해 섬기는 것. 그것이 잘하는 것이다. 지금 부모님께 전화라도 드려보면 어떨까. 나는 하늘나라에 닿도록 목청껏 외쳐볼까.

'잘 계시죠. 보고 싶어요.'

9. 풀어놓지 못한 서러움

유치원에서 아이들의 등원모습은 각양각색이다. 차량을 타고 들어오는 아이들은 씩씩하게 들어오는 반면, 엄마나 아빠 손을 잡고 들어오는 아이들은 하나같이 응석을 부린다. 곧 초등학교에 들어갈 의젓한 일곱 살도 예외가 없다. 아이를 데려다주는 가정은 대부분 맞벌이 가정이다. 민아는 유난히 눈물이 많았다. 특히 엄마와의 분리불안이 심해 무조건 떨어질 때마다 울었다. 엄마는 바쁘고 항상 시간에 쫓겨 민아를 달랠 여유도 없이 그저 현관문 안으로 들여보냈다. 민아에게 지금 필요한 것이 무엇일까. 내가 보기엔 엄마의 충분한 사랑이었다.

"민아 어머님 바쁘시죠. 언제가 편한 시간이실까요? 제가 늦게라도 전화 드릴게요."

"왜요? 민아가 어린이집에서 무슨 일이 생겼나요? 오늘도 야근이라 늦을 것 같은데요."

"늦어도 괜찮습니다. 걱정하실 일은 없어요. 어머님과 차 한 잔이라도 나누고 이야기 하고 싶어서요."

"아, 네~ 그럼 이틀 후에 제가 집안일로 연차휴가니 그때 연락드리겠습니다."

"네. 어머님. 기다리고 있겠습니다."

아이는 아이답게 커야한다. 응석부리고 어리광도 하면서 투덜대고 질투도 하는 것이 아이의 모습이다. 민아는 엄마와 교감할 시간이 거의 없다. 아침 일찍 출근하는 엄마 품에 얼떨결에 안겨서 등원을 하고 늦은 시간에 엄마를 만난다. 집에 가면 엄마는 동생 차지가 되고 눈맞춤도 제대로 하지 못하니 분리불안이 더 심해질 수밖에 없었다. 민아 엄마와 이야기를 나누고 나니 내 예상이 거의 맞았다.

"혼자 아이 둘을 키우는데 가족들은 멀리 있고 정신이 없어요. 저도 더 신경써줘야 하는걸 아는데 어떻게 해야 할까요."

나에게 속사정을 이야기하다 참았던 눈물을 터뜨리셨다. 민아 엄마 손을 꼭 잡아주었다.

"누가 우리를 다 알아주겠어요. 엄마가 아닌 사람은 절대 엄마 마음 이해하지 못해요."

아빠에게도 친정엄마에게도 어렵더라도 일단 요청을 해보라고 말씀드렸다. 그리고 한 가지만 약속할 것을 당부했다.

"민아에게 필요한건 그냥 짧게라도 눈맞춤이 필요해요. 아침시간 바쁘시더라도 민아와 눈을 보고 엄마가 빨리 온다고 말하고 꼭 안아주고 가세요. 매일 아침 그거 하나만 지켜주세요. 그러면 우리 민아는 충분히 사랑받고 있다고 느끼고 조금씩 안정을 찾아갈 거예요."

엄마는 고개를 끄덕이며 눈물을 멈추셨다.

여자는 결혼을 하고 아이를 낳을 때 가장 많이 엄마 생각을 한다. 그냥 엄마 마음을 이해하는 차원에서 벗어나 엄마가 되었다는 자체만으로 형언할 수 없는 미묘한 감정이 생긴다. 그런 알 수 없는 마음에서 엄마와 동일시되는 경험을 하게 된다. 나는 첫 아이를 출산하기 전부터 투병 중에 있는 엄마에게 하고 싶은 말이 있었는데, 결국 털어놓지 못했다. 엄마와 딸의 관계는 친구같기도 하고, 때론 비밀도 없이 모든 것을 공유할 수 있는 관계라고 말들을 한다. 그렇게 마음을 나누는 모녀를 볼 때마다 부러웠다. 어릴 적부터 엄마의 엄격한 훈육방식 때문에 나는 항상 엄마가 어려웠다. 진짜 속내를 드러내고 속상한 마음이나 좋았던 감정들을 나누지 못했다. 분명 엄마가 주는 큰 사랑은 알고 있었지만, 서럽고 억울하고 주체하지 못했던 유년시절의 감정을 다 쏟아내지 못했다. 요즘은 모녀, 부자간에 또는 모자, 부녀간의 자유여행도 많이 간다. 평소에는 가족이라는 이름으로 가려져 진짜 하고 싶은 말을 꺼내지 못하지만 어디론가 훌쩍 떠나보면 서로를 더 깊이 알아갈 수 있다. 나는 엄마와 그런 소소한 일상을 함께 나누고 공유할 시간이 없었다. 아니 내가 생각만 하다가 타이밍을 놓칠 때가 많았을 것이다. 맛있는 것을 먹고 사진도 찍고 어릴 적 추억도 소환하면서 상처받았던 말들을 쏟아내고 싶다. 왜 그랬느냐고. 왜 나를 그렇게 무섭게 몰아붙였냐고. 울고 따지고도 싶은 그런 시간들을 나는 갖지 못했다.

어른이 되고, 가정을 갖고, 엄마가 되고, 사회생활을 하면서 엄마를 이해하려고 더 많이 노력했다. 그것은 어디까지나 노력이었다. 지금 내 앞에 엄마가 잠시 나타난다면, 응어리 진 것들 다 풀어서 엄마와 부둥켜안고 울고 싶다. 꿈속에서라도 한번쯤은 서로를 위로하고 잘 살아내느라 수고했다고 토닥거려주고 싶다. 엄마의 일생도 매 순간 쉽게 지나가지는 않았으리라 짐작이 된다. 남편이 세상을 떠난 후 10년 동안 얼마나 더 외롭고 아팠을까 생각해보면 엄마가 얼마나 안쓰러운지 모른다. 건강도, 마음도, 성격도 모든 것이 다 약했던 나를 강인하게 키우시느라 맘이 많이 아프셨을 것이다. 그런 마음을 충분히 교감하지 못한 것이 평생 한으로 남을 것 같다.

아이들을 가르치면서 자연스럽게 아이의 엄마들을 보게 되었다. 육아의 고충 또는 개인적인 힘든 부분을 조금이나마 해소해주고 싶은 마음이 강렬했다. 살면서 아이가 어릴 때는 빨리 커버리면 좋겠다는 생각이 들 때도 있다. 시간이 지나면 그런 고민은 쓸데없는 것임을 알게 된다. 어른들은 항상 말했다. 뱃속에 아이가 있을 때가 좋을 때이고, 아이가 걷기 전이 더 좋을 때이고, 순수하게 말을 잘 들을 때가 좋고, 학교 다닐 때가 좋고, 결혼을 하기 전이 좋고… 어른들의 말을 듣고 있으면 항상 지난 시간들이 좋았다. 지금보다 지나간 과거가 회상해보면 좋았다는 것이다. 항상 때가 있다. 그것을 우리는 타이밍이라고 말한다. 그렇다면 지금도 지나고 보면 분명 좋은 시간들일 것이다. 지금도 늦지 않았다. 엄마와 풀지 못한 고민거리가 있다면 지금당장 엄마의 손을 잡고 이렇게 말해보면 어떨까.

'엄마 나랑 오늘 데이트해요.'

제2장

시련은 어딘가 늘 있다

1. 가르치는 자유

나는 유아교육을 전공했다. 유아교육은 일상생활에 접목시킬 수 있는 유용한 학문이다. 아이들을 가르치는 방법과 교육학을 공부한다. 교사생활을 하면 이론과 실제가 너무도 다르다는 사실을 알게 된다. 나도 그랬다. 아이들을 예뻐한다는 것과 가르친다는 것은 완전히 다른 영역이었다. 아이들의 발달단계를 알고 적용하는 것은 참 어려운 일이었다. 우선 내 말을 잘 들어주면 성공이었다. 질서를 먼저 가르치면 아이들의 마음을 훔치는 것은 쉬울 것이라 생각했다. 순전히 나의 착각이었지만 말이다.

첫 교사생활. 나를 무지 힘들게(?) 했던 다섯 살 아이들은 영원한 나의 스승이다. 나를 진짜 선생님, 좋은 어른으로 만들어준 귀여운 스승. 한 명 한 명 너무도 사랑스러운 아이들이었다. 그런데 참 이상도 하다. 그 아이들이 한데 뭉치면 아수라장이 되었다. 가르쳐본 경험이 없어서 어디서부터 어떻게 해야 할지 막막했다. 아이들이 등원하면 먼저 가방에 약이 있는지 살펴보고, 안내장을 확인했다. 학부모님들의 부탁사항을 메모하는 것이 하루 시작이라고 생각했다. 정작 중요한 일을 몰랐다. 아이들이 무엇을 좋아하고, 어떤 활동을 했을 때 행복해하는지 그런 기본적인 것들을 파악하기에는 경험이 없었다. 옆 반 선생님은 경력이 있어서인지 교실분위기가 아주 편안했다. 우리 반은 우는 아이들도 많았다. 한명이 울면 덩달아 모든 아이들이 엄마가 보고 싶다며 서럽게도 운다. 겨우 달래서 아이들을 가운데 앉혀놓으면 한명이 응가 마렵다고 한다. 잠시 자리를 비우면 아이들은 또 흩어져서 돌아다니기 시작한다. 내가 처음 맡았던 아이들은 모두 열다섯 명. 울고 싶었다. 이렇게 정신없이 하루를 시작한다. 가장 기다려지는 시간은 나도, 아이들도 간식 시간이다. 일단 먹을 것이 입으로 들어가면 순식간에 교실은 고요해졌다. 그제서야 큰 숨을 쉬고 난리가 난 교실을 치웠다. 아이들과 활동 하나를 하려고하면 그야말로 육체노동처럼 느껴졌다. 축 늘어진 숨죽은 배추마냥 온몸이 무겁고 힘들었다. 이대로는 안 된다고 생각했다. 아이들이 나를 좋아할 무기를 갖고 싶었다. 퇴근하고 집에 돌아가면 계속 고민했다. '어떻게 하면 아이들이 울지 않고 신나게 어린이집에 달려올 수 있을까?'

아이들의 마음을 얻고 싶었다. 그러기 위해서는 무엇을 좋아하는지 한 명 한 명 특성을 파악해야 했다. 나는 학부모님들에게 하루일과를 말씀드리면서 정보를 얻어냈다. 아주 구체적인 사항까지 다 듣고 메모했다. 일단 아이들 기분을 좋게 만들고 하루를 시작하는 것이 가장 시급한 일이라고 느꼈다. 기분좋게 등원해서 집에 갈 때까지 아이들이 방긋방긋 웃으면 부모의 마음은 얼마나 행복할까. 난 초임 교사였지만 부모의 마음만큼은 빨리 헤아릴 수 있었다. 덕분에 학부모들은 나를 신뢰해 주었다. 다섯 살 아이들은 아직 소통이 원활하지 않기에 부모의 도움이 절실히 필요했다. 3월에 입학했던 아이들이 5월이 넘어갈 무렵부터 선생님과 친구들을 편하게 생각하면서 잘 적응하기 시작했다. 선생님에게 애교도 부리고, 집에서 자기가 좋아하는 것들을 가지고 온다. 참 귀여운 녀석들이다. 그렇게 귀엽고 사랑스러운 내 반 아이들에게 난 뭔가 특별한 수업들을 많이 해주고 싶었다.

분기별로 우리 원에서는 원내 장학수업을 했다. 원장님과 동료 교사들이 다 내 수업을 지켜보고 피드백을 해주는 것이다. 오히려 학부모가 함께 참여하는 수업보다 훨씬 떨리고 긴장된다. 지금은 다양한 매체들과 교구들이 매력적으로 선보인다. 시청각 교구나 교육과정을 쉽게 이해하는 다양한 콘텐츠들이 많다. 내가 유아교사로 재직할 90년대 당시까지만 해도 수업을 위한 거의 모든 것을 손으로 제작해야 했다. 그만큼 담임교사의 리더십 능력이 아이들에게도 많이 좌우되었던 때였다. 장학수업을 2주 이상 준비했다. 수업계획안을 작성하는 것은 물론 그것에 따른 준비물들, 또 어떤 방식으로 아이들의 상상력을 펼치게 해줄 것인가의 고민은 온전히 내 몫이었다. 교사로서 지키고 싶은 자존심도 있고, 무엇보다 다른 동료 교사와 비교당하고 싶지 않아 열심히 준비했다. 내가 준비한 수업은 음악활동 수업이었다. 다양한 악기소리를 생활 속에서 찾아 퀴즈도 맞춰보고 듣고 리듬도 익혀보는 활동이었다. 아이들의 흥미를 고려한다고 했는데, 정작 아이들은 즐거워하지 않았다. 몇몇 아이들만 참여했다. 진땀이 났다. 그도 그럴 것이 하필이면 내가 수업하는 날 모 대학교의 교수님 한분까지 참관하셔서 더욱 긴장했다. 뭔가 신선하고 참신한 수업을 선보이고 싶어 집에서 빨래판 소리, 유리그릇 소리 등 다양한 소리를 녹음해왔다. 나름 준비를 많이 한 수업이었는데 입이 바짝바짝 타 들어갔다.

평가는 냉정했다. 과정보다는 결과중심인 탓이다. 누군가 나를 평가하는 것을 흔쾌히 받아들인다는 것은 좀처럼 쉽지 않다. 동료들의 평가를 듣기 전, 먼저 내 수업에 대한 평가를 했다.

"장학수업이라는 자체에 굉장한 부담이 있었던 것은 사실이지만, 수업의 결과를 떠나서 준비하는 과정 그 자체가 설레고 행복했습니다. 준비를 많이 했지만 다르게 접근해보면 더 재미있는 수업이 될 것 같습니다."

하지만 내 의견에 그렇게 공감해주는 분위기는 아니었다. 다른 교사의 수업이 월등하게 잘했기 때문일 것이다.

"선생님 그런데 왜 아이들이 집중하지 못했을까요?"

"이 수업은 좀 지루했어요~ 아이들의 흥밋거리를 맞추지 않고 그냥 교사의 의도대로만 준비한건가요?"

"아이들 수를 고려해서 좀 더 다양한 수업을 준비했다면 좋았을 것 같아요."

"수업내용은 좋았지만 아이들에게 접근하기 좀 어려웠던 내용이었습니다."

선생님들의 의견은 하나같이 부정적이었다. 특히나 교수님은 학교에서 배운 이론대로만 평가를 하셨다.

"이 음악수업의 이론적 배경은 어떤 건가요? 아이들이 산만하던데."

"발달과정에 맞다고 생각하셨어요? 아이들이 통제도 안 되고 돌아다니는데 그것부터 잘 잡아줘야죠."

칭찬을 기대한건 아니었지만 격려해주고 수업을 깊이 있게 분석하는 것이 아니라 다 잘못되었고 못했다고만 말하는 것 같아서 속상했다. 배워가는 과정이라고 생각은 했지만, 겨우 초임 2년차 교사에게 조금 더 격려해주고 현장에서의 애로사항도 물어봐줬다면 어땠을까. 눈물이 났다. 단 한명도 내 편은 없는 것 같아 서러웠다. 내가 평가자였다면 어떤 질문을 했을까.

유아교육 현장에서 많은 아이들을 돌보고 가르치는 일은 쉽지 않은 일이다. 누구든 그 일을 해보지 않으면 다 이해할 수 없다. 학부모들도 수업이 끝나면 바로 퇴근해서 편히 쉰다고 생각한다. 뒷정리부터 수업준비가 만만치 않다. 하나의 인격체를 갖추는 아이들의 정서와 인지를 연령에 맞게 가르쳐야 할 의무가 있기에 수업후가 더 바쁜데도 말이다. 가르치는 직업을 25년동안 했다. 가르친다는 말속에 책임과 사명이 따른다. 많은 철학을 가지고 아이들을 가르치지만, 나의 말과 행동 하나가 아이들에게 스며들어 그들의 거울이 된다고 생각한다. 가르쳐야 할 의무도 있지만 내가 주고 싶은 것이 있다. 그것은 '자유로움 속에 질서'였다. 운영자의 철학이 교사의 철학이 될 수는 없다. 가르치는 자유가 없이 하라는 대로 정해진 대로 가르치는 것은 죽어있는 교육이라는 생각이 든다. 누구나 '교사'라는 직업을 선택할 수는 있지만 아무나 '사명'을 실천할 수는 없기 때문이다.

2. 도둑으로 몰리다

　교사생활의 대부분을 일곱 살 반을 맡아 지도했다. 모든 연령에 장단점은 있었지만 일곱 살 아이들이 좋았다. 말을 어느 정도 알아듣고, 의사소통이 가능했기에 교사로서 뿌듯한 일도 많았다. 다만, 좀 힘들었던 것은 아이들이 생각이 커지니 자기주장이 강해서 친구들과 다투는 일이 많이 생겼다. 그럴 때 누구보다 교사의 중재역할은 중요하다. 항상 문제는 아이들이 집에서 가져오는 딱지나 인형 등 장난감이 문제가 되었다. 너무 갖고 싶은 장난감은 탐나서 가져가기도 하고, 좋아하는 친구에게 주기도 한다. 아이들은 아직 사고가 명확히 정립되지 않은 상태라서 줘놓고 다시 뺏기도 하고, 친구를 거짓말쟁이로 만들어 버리기도 한다. 아이들을 중재하다 보면 학창시절, 교사 시절에 얽혔던 이야기가 떠오른다.

　도난사건이 일어났다. 우리 반 모두는 집에 가지도 못하고 모두 책상위에 올라가 무릎을 꿇고 앉았다. 도대체 누구인지 빨리 자백했으면 좋겠다고 생각했다. 선생님은 오늘 범인이 나타나지 않으면 모두가 집에 가지 못할 것이라고 엄포를 놓으셨다. 초등학교 6학년 때의 일이다. 우리 반 한 친구가 지갑에 있는 돈을 분실했다는 것이었다. '자기 물건은 자기가 잘 간수하면 되지. 왜 모든 친구를 이렇게 벌을 받게 하지? 남의 물건을 왜 손을 대냐고.' 속으로 별별 생각이 들었다. 계속 무릎을 꿇고 있으니 서서히 발이 저려왔다. 짜증도 나고 두렵기도 했다. 왜 하필 우리 반에서 이런 사건(?)이 일어나는지. 선생님은 모두 눈을 감으라고 하셨다. 그리고 지금 솔직하게 말하면 용서해준다고 하셨다. 아무도 손을 들지 않았을까? 시간은 계속 흘렀다. 고요속의 침묵을 깨고 선생님은 집에 가도 좋다고 하셨다. 우리는 얼떨결에 교실 밖으로 나왔다. 누가 손을 들었을까. 누가 범인인지 우리들은 각자 집에 돌아가는 발걸음이 무거웠다. 결국 범인은 없었다. 지갑을 분실했다는 친구가 혼자 착각한 것이다. 이 얼마나 황당한 일인가. 그 일이 있은 후로 배운 교훈이 있다. 남을 의심하는 생각은 남의 물건을 훔치는 것 이상으로 나쁜 행동이라는 사실을 말이다.

억울한 일을 겪었다. 슬프고 화나고 짜증나는 감정은 내 안에서 조절할 수 있다. 하지만 내가 하지도 않은 일을 오해받고 의심받고 있다면 상황은 달라진다. 나는 그때도 일곱 살 반을 맡아 지도했다. 어린이집에서는 해년마다 가을운동회가 열렸다. 운동회가 열리기 1주일 전부터 연습을 한다. 야외운동장에 가서 청팀. 백팀 줄서는 연습도 하고 율동도 맞추어본다. 뛰고 달리고 땀 흘리며 엄마아빠께 멋진 모습을 보여주자고 응원도 열심히 한다. 행사 준비 때 필요한 현수막이나 공구가 필요했다. 주임선생님은 기사님 한분께 부탁을 드렸다. 어린이집 열쇠를 드리고 필요한 것을 가져다 달라고 말씀드렸다. 연습이 끝나고 모두 교실로 들어왔다. 아이들 점심을 차려주기 전에 우리 반 출석부를 확인했다. 아이들 편으로 현금을 받아 운영하던 시절이었다. 등원을 하면 아이들의 출석카드를 먼저 확인해서 분실하지 않도록 정리해두는 것이 교사역할이었다. 그런데, 아침까지 정확하게 아이들이 가져온 돈과 명단을 적어놓고 세어놨는데 30만원이 넘게 들어있었던 봉투 안에 정확히 12만원이 부족한 것이다. '이게 무슨 일이지?' 나는 곧바로 원장님께 보고를 드렸다. 교사들도 다 이 사실을 알게 되었다. 잘 찾아보라고 혹시 다른데 넣어놓지 않았냐고 다들 걱정을 했다. 초등학교 6학년 때 경험했던 것처럼 괜히 다른 사람을 의심하면 안 된다고 생각했지만 나는 이상하게도 기사님이 의심스러웠다. 누군가를 의심하고 의심받는 것만큼 힘 빠지는 일도 없다. 원장님께도 말씀드렸지만 누구를 탓할 일은 아닌 것 같다는 말씀에 그냥 포기하고 잃어버린 돈은 내 개인 돈으로 메꾸었다. 그 일이 있은 후, 계속 분실사고가 생겼다.

원장님이 직접 부모교육을 진행한 날이었다. 토요일 오전에 타임별로 진행이 되었다. 아이들은 거의 오지 않았기 때문에 교사들은 각자 해야 할 업무들을 하면서 대기하고 있었다. 다음 주 수업준비를 하느라 자료실에 들어갔다. 그때는 뭐든지 다 만들고 직접 의상도 준비해서 아이들에게 보여줄 수 있는 동극을 많이 했었다. 그 다음 주 주제는 환경이었다. 교사들과 함께 동극준비를 하기 위해 파란색 큰 쓰레기통을 구입했다. 열을 달궈서 뚜껑을 잘라내는 작업은 기사님이 도와주셨다. 그렇게 한참을 기사님이 자료실 안에 계신 것을 보고 감사하다고 인사를 전했다. 문제는 그 날 오후였다. 원장님이 교사들을 한데 모으시고 긴급회의를 하셨다. 노란색 서류봉투를 자료실에 두었는데 없어졌다는 것이다. 그때도 정말 이상하게 그 기사님이 의심되었다. 정황은 있는데 근거가 없다는 말이 딱 맞았다. 서류봉투를 본적도 없고, 누가 그것을 가져간 것을 본적도 없다. 교사들도 답답하긴 매한가지였다. 막상 원장님 물건이 없어지니 많이 초조해 하셨다. 함께 일해 온 교사들을 의심하기 시작했다. 그 노란 서류봉투 안에는 학부모가 준 상품권이 있었던가보다. 아이들이 하원하고 나면 원장님은 수사반장에 나오는 형사처럼 교사들을 계속 채근했다. 도대체 누가 가져간 거냐고. 여러분이 아이들을 가르칠 자격이 되느냐고 화를 냈다. 참 말도 안 되는 일이다. 원장님께 실망했다. 함께 일한 동료를 아랫사람이라는 이유로 저렇게 함부로 의심하고 막말을 하시다니. 많이 속상해서 그러시겠지만 그래도 저 방법은 아닌데…

그런데, 그 일이 벌어진지 3일이 지난 날, 원장님은 갑자기 나를 대하는 태도가 돌변하셨다. 누군가 이 사건을 빨리 마무리 지으려고 나를 의심하기 시작했다는 느낌이 들었다. 원장님은 내 눈을 보지도 않았고 인사를 해도 받지 않았다. 그날부터 나도 모르는 사이에 도둑으로 몰려있었던 것이다. 교사 한사람의 말만 듣고 그런 오해를 하다니. 참 절망스러웠다. 물론 모두가 나를 의심한건 아니었지만 어느 누구 한사람 원장님께 속 시원히 말하지 못하고 눈치만 보는 생활이 계속 되었다. 그 후로도 도난사건은 끊이지 않았다. 항상 발단된 사건당일 기사님은 함께 그 자리에 있었다.

토마토 밭을 견학 간 날 토마토를 구입했다. 아이들 간식용도 사고 너무 맛있어서 교사들도 개인적으로 구입했다. 두 박스가 또 없어졌다. 참 이젠 하다하다 별게 없어진다고 나처럼 기사님을 의심하는 교사들도 생겨났다. 물론 사람을 의심하면 안 되지만 모든 정황이 분명했다. 왜 원장님은 그런 일들을 해결하려 하지 않고 교사들만 나쁜 사람으로 몰아간 걸까. 그 옆에는 나를 싫어하고 질투하는 교사가 있었기 때문이라는 생각이 들었다. 조직 안에서 드라마처럼 한사람 바보 만드는 것은 시간문제였다. 그 후로도 어린이집 밖에서도 없어지는 물건들이 더 늘어났다.

내가 하지 않은 일에 대해 나만 떳떳하면 된다고 생각하고 이 악물고 버텼다. 매일 출근하는 일이 죽기보다 싫었다. 일부가 의심하는 눈초리. 그런 분위기는 원장님이 만들었다. 나도 평소에 윗사람한테 아부하는 방법 좀 배워둘걸. 원장님이 아무리 직장상사지만 잘못된 판단을 하면 말씀드리고 좋은 방향으로 나가야 한다는 것이 나의 철칙이었다. 그런 나의 가치관 따위는 아무런 필요가 없었다. 이렇게 무너질 수는 없었다. 불쑥불쑥 왈칵 눈물이 나고 억울했지만 진심은 언젠가 밝혀지리라 생각했다. 그때부터 살이 쭉쭉 빠지기 시작했다. 죽고 싶다는 생각이 들 정도였다. 그만둘까도 생각했다. 하지만 이대로 그만두면 내가 도둑이라는 것을 시인하는 꼴이 된 것 같아서 버티고 또 버텼다.

도난사건이 끊이지 않고 난 2년 후 원장이 되었다. 결국 미지의 사건으로 끝나버리고 교사들의 팀워크도 점차 무너질 때쯤 이었다. 뭔가 찜찜했다. 하지만 내게 주어진 길이고 사명이라 생각하고 열심히 교사들과 하나가 되기 위해 노력했다. 회사에서는 새로운 시설을 갖추고 아이들의 환경을 마련해주셨다. 어린이집이 회사 밖 새 건물로 이사를 하게 되었다. 참 그때를 생각하면 어떻게 그 많은 일들을 해냈을까 나 스스로도 대견한 시간이다. 어린이집을 옮긴지 정확히 1년 만에 나의 억울함이 풀렸다. 교사들 모두가 보는 앞에서 기사님은 다른 사람 차 안을 정신없이 뒤지다가 발각된 것이다. 그날 나는 새롭게 태어났다. 그동안 마음고생 했던 시간을 보상해주는 것 같았다. 생각지도 않고 이미 다 지난 일이라 생각했는데 감사했다. 어쩌면 내가 리더로서 자신감 있고 꿋꿋하게 정진해 나가라는 선물이라는 생각마저 들었다. 그 일은 오전에 있었고 나는 1초의 망설임 없이 바로 기사님을 해고했다.

그리고 원장님께 전화를 했다.

"원장님, 도둑 잡았습니다."

다른 말이 필요 없었다. 이 말 한마디는 그간의 설움을 다 녹여주는 듯 했다. 물론 기사님은 그동안 있었던 일은 자기가 한 일이 아니라며 끝까지 거짓말을 했지만 그런 말에 휘둘릴 필요는 없었다. 회사에도 보고 드리고 새로운 기사님을 채용했다.

드라마를 보면서 어쩌면 저런 일이 있을까. 드라마니까 가능하겠지. 실제로 내가 겪는 일이라면 얼마나 힘이 들까. 때로 주인공의 마음에 빠져들어 볼 때가 있다. 현실 속에서 내가 억울한 일을 겪어보니 사회라는 곳은 아주 무서운 집단이라는 것을 깨달았다. 하지만 그보다 중요한 것은 내가 더 떳떳하고 당당하게 행동한다면 어떤 시련도 지나갈 수 있다는 것도 알게 되었다. 옛날 우리 선조들도 왕에게 진실을 말하는 충직한 신하가 있는가 반면, 왕의 눈을 가리고 시기질투에 눈이 멀어 거짓으로 전달하는 간신이 있었을 것이다. 살면서 억울한 일이 생기더라도 분명 진실은 밝혀진다는 것을 체험했다. 그 일이 가슴 아픈 일로 남아있지 않은 이유는 나 자신을 믿고 꿋꿋이 긴 터널을 잘 견뎠기 때문이다. 살면서 이런 일을 혹시나 겪더라도 당당하게 대처하면 세상은 내편이 될 것이라 믿는다.

3. 시기와 질투가 곧 인간관계다

인생은 수많은 선택이 있다. 여러 선택이 있었지만 내가 떠올리는 첫 선택은 바로 '원장'이라는 직함을 기꺼이 받아들인 일이다. 1996년 4월에 남편이 근무하고 있는 회사 내 직장 어린이집의 교사로 임용되었다. 입사 후 한 달이 지난 5월에 개원을 했다. 처음 만들어 지다보니 해야 할 업무가 많았다. 아이들을 맞이하기 위한 준비가 만만치 않았다. 원장님과 나와 동료교사 1명. 세 명의 교직원으로 시작했다. 지금 생각하면 아무것도 아닌 작은 행사도 밤늦게까지 만들고 꾸몄다. 열심히 일했다. 첫아이가 막 돌이 지난 무렵이었으니 늦은 퇴근은 몸에 무리가 되었다. 하지만 아이들을 만날 생각에 설레기도 하고 선생님이 된다는 사실에 자부심을 느끼며 일했다. 9년의 시간이 지나 2005년 원장으로 임용되었다. 직장 어린이집은 직원들의 복지를 위해 만들어진 교육기관이다. 비용도 거의 없고, 사원자녀들을 위해 회사에서 아낌없는 지원을 해주는 곳이다. 교사로 지내면서 우여곡절이 많았다. 다른 생각과 가치관을 가진 사람들이 한데 모여 일을 하는 조직생활은 불편하고 어려운 점들이 많다. 이래서 사회생활을 해본 사람과 해보지 않은 사람은 다르다고 말을 하는 것 같다. 교사에서 원장이 되는 것은 단순히 직함만 바뀌는 것이 아니었다. 모든 일에 책임을 져야 하는 리더로 서야 하는 자리였다. 쉽지 않은 일임은 알고 있었다. 회사에서도 많은 고민을 했다. 외부에서 새로운 원장을 초빙하느냐. 개원부터 어린이집의 이모저모를 다 파악하고 있는 교직원을 임용하느냐. 많은 고민 끝에 내게 기회를 주셨다. 내가 아이들만 가르쳤는데 과연 잘할 수 있을까. 부딪혀 보지 않았고, 가보지 않았지만 큰 용기를 냈다. 위치가 사람을 만든다고 했던가. 잘하려는 의욕과 열정은 누구보다 앞서 있었다. 함께 일했던 동료교사들은 나를 믿고 잘 따라와 줄 거라고 생각했다. 아니 착각했다. 모든 일에는 시간이 필요한데 너무 마음만 성급했다.

2005년 3월 4일 입학식. 그때 들리던 많은 학부모의 놀라는 소리가 아직도 귀에 생생하다. 처음으로 원장을 소개하는 자리였다. 학부모들도 바로 어제까지 우리아이 담임선생님이었는데 갑자기 원장님이라니. 놀랄 만도 하다. 그때 나이 서른여섯. 누구나 처음은 있듯이 나도 첫 원장 생활이 시작되었다. 회사관계자들과 원만하게 협의를 하고, 내부에서는 교사들을 잘 통솔하고, 전반적인 교육시스템을 구축해나갔다. 그런데 생각보다 가장 어려운 일은 내부적으로 교사들의 마음이었다. 언니나 친구처럼 때론 동료교사로서 편하게 지내다 원장이라는 상사가 되었다는 것을 쉽게 받아들이지 못했던 것 같다.

원장으로 임용되자마자 교사회의를 시작했다.

교사들의 업무부터 체크하고 지시했다. 그동안 교사의 눈에서도 허술하고 효과적이지 못하다고 판단했던 많은 것들을 개선하기 시작했다. 나이가 나보다 열 살 남짓 많은 선생님 한분이 계셨다. 교사로 있을 때도 그리 편한 관계는 아니었다. 나이가 많다보니 당연히 본인이 해야할 일도 젊은 선생님들이 눈치보며 도맡아 할 때가 많았다. 그렇다고 나이를 무시할 수도 없었다. 직장생활이라는 것이 그렇지 않은가. 예우를 갖추되 원만하게 합리적으로 업무를 분담했다. 청소구역, 당직교사 업무, 출근시간엄수, 각 업무 담당자 등 교사들이 한눈에 볼 수 있도록 표를 나누어주고 설명을 했다. 다들 약간의 긴장감에 불편한 기색이 역력했다. 문제는 이제부터다.

원장임용 한 달 남짓 되었을 때다. 토요일 오후, 피곤한 몸을 잠시 쉬고 있었는데 전화벨이 울렸다.

낯선 남자의 목소리였다.

"나 k교사 남편입니다. 아니, 원장님 되셨다고 너무 하시는 거 아닙니까?"

대뜸 버럭 화를 내는 소리에 당황스러웠다.

"무슨 일 때문에 그러실까요? 화를 내지 마시고 좋은 말로 이야기해주시죠."

난 최대한 이성을 잃지 않기 위해 애쓰며 말했다.

"아니, 원장님보다 나이가 얼마나 많은데 화장실 청소가 말이나 됩니까?"

헛웃음이 나왔다. '이런 걸 가지고 쉬는 날 전화해서 따지다니!' 속으로 너무 어이가 없고 황당했지만 나는 당당하게 말했다.

"나이를 떠나서 교사라면 돌아가면서 청소업무를 합니다. 그런 일은 직장에서 당연히 하는 업무인데 지금 경우가 아니신 것 같네요."

그래도 이건 아니라며 한참을 자기말만 하고 전화는 끊어졌다. 나이가 많다는 이유로 힘들고 어려운 일은 그동안 제외된 탓이었다. 왜 사람들은 독립적이지 못할까. 교사의 사명까진 바라지 않았지만 최소한 자기업무만큼은 열심히 해야지 그걸 남편한테까지 불만이라고 털어놓을 일이었을까? 나는 복잡해졌다.

월요일 출근을 해서 k선생님을 불렀다. 그렇게 힘든 일이었으면 내게 먼저 말해주고 소통하면 되지 않았겠냐고 이야기를 했다. 속으로는 짜증이 났지만 선생님이 그동안 잘 해주셨듯이 모범을 보여주셨으면 한다고. 나도 더 열심히 살피고 배려하겠노라고, 지혜롭게 얘기했다. 교사들을 잘 끌고 가려면 내가 더 손 내밀어 줘야했다. 그 일이 있은 후, 내가 생각했던 시간보다 훨씬 더 많은 시간이 필요하겠다는 느낌이 들었다. 기존에 내가 원장님께 배웠던 것들도 적용하고, 조금은 참신한 방법으로 교사들의 적극적인 소통을 이끌기 위해 메모하고 연구했다. 그런데도 일부 교사들 마음에 내가 들어갈 자리는 없었다.

아이들의 수업이 한창일 때 원장실에서 밀린 업무를 보고 있었는데 갑자기 k교사가 들어왔다. 대뜸 삿대질을 하며 언성을 높이기 시작했다.

"아니, 원장님. 원장님도 해보셔서 아실 거 아니에요. 지금 애들하고 수업하고 이것저것 하느라 바쁜데 이 서류를 어떻게 오늘까지 해요?"

교사회의 전까지 다음 달 행사에 대해 아이디어를 적어내라고 한 건 벌써 1주일 전이었다. 본인이 하지 않고서 다짜고짜 핑계를 대는 것이었다. 나는 아이들이 있으니 오후에 이야기 하자고 다독였다. 마음속에 분노가 쌓이기 시작했다.

'월급 받고 대체 무슨 일을 하는 거지? 최소한 교사로서 생각해 보라는 게 저렇게 화낼 일인가?'

한마디로 k교사는 자기보다 한참 어린 원장이 매사에 맘에 들지 않았던 것이다. 뭔가 열심히 해보려고 할 때마다 트집을 잡았다. 다른 교사들도 어울려 동조하게 될까봐 걱정이 되었다. '아, 이렇게 리더가 된다는 것은 어려운 일이구나. 왜 내 마음을 몰라줄까. 괜히 의욕만 앞서서 해보겠다고 한 걸까.' 잘해보려 할수록 교사들과 거리가 좁혀지지 않았다.

아이들과 직접 수업할 땐 몰랐던 것들이 많이 보이기 시작했다. 전체를 통괄하고 판단할 줄 아는 힘이 있어야 했다. 어떤 경우에도 내가 책임지겠다는 그런 각오가 필요했다. 그래서 나는 가장 먼저 출근하고 가장 늦게 퇴근했다. 원장이 되고나서 변했다는 말을 듣기 싫었다. 교사생활을 오래한 만큼 그들의 입장을 헤아려 주기위해 노력했다. 그들을 내편으로 만들고 싶었다. 원장과 교사의 위치는 다르지만 같은 마음으로 원을 잘 이끌고 싶었다. 문제는 시간이었다. 그들에게 좀 더 다가가며 도와달라는 요청이 필요했다. 밤이 되면 잠을 자지 못했다. 해결해야 할 일은 산더미처럼 쌓여있고 그 산 안에 갇혀 혼자 고립되어 있는 느낌이었다. '나는 어떻게 해야 할까' 리더의 자리는 외로웠다.

지난 일이지만 그 당시를 떠올리면 그저 쓸쓸한 미소만 지어진다. 리더가 된다는 것은 그만큼 고난의 연속이었다. 직장에서 업무와 상관없이 싫어하는 사람이 있을 때 이유를 불문하고 관계는 어려워진다는 것을 알았다. 우리는 경험해보지 않고서는 누군가를 이해할 수 없다. 책임자가 되었다고 해서 함께하는 사람들의 감정까지 다 컨트롤 할 수 없다는 사실도 깨달았다. 경험해보지 않은 일은 훨씬 더 많은 인내가 필요했다. 감정적으로 일을 대하기 전에 자신의 본분을 지키고 최선을 다하는 모습이 직장인의 자세가 아닐까. 그래도 그 시간을 지혜롭게 극복할 수 있었던 것은 나와 다른 그 사람을 인정했기에 가능했다.

4. 만신창이가 되다

2016년 11월 말. 해고통보를 받았다.

"아, 원장님 바쁘시죠. 뭐하나 여쭤볼게 있어서요."

그 다음날이 학부모 참여수업이라서 교실 세팅때문에 정신없이 바쁘던 날이었다. 아무런 생각없이 회사 담당과장의 전화를 받았다. 그런데 뭔가 말을 빙빙 돌리기만 하고 정확한 말을 하지 않았다.

"과장님 어린이집 관련해서 무슨 일 있나요? 편하게 말씀해주세요."

"아, 다름 아니고요. 어린이집에 원장을 임용한다면 외부에서 초빙해야 할까요? 아니면 내부 교직원을 임용해야 하나요."

이게 대체 무슨 말인가. 순간 머릿속 회로가 복잡하게 꼬여가기 시작했다.

"잠시만요. 과장님, 지금 무슨 말씀 하시는 거예요? 제가 있는데 원장을 새로 임용하나요?"

"아, 그게.. 죄송합니다. 원장님께 죄송해서 말씀을 미리 못 드렸습니다."

아무 말도 나오지 않았다. 자초지종을 따져 묻기 시작했다. 회사에서 결정된 사항이라는 것이다. 그야말로 날벼락을 맞은 것 같았다. 호흡을 가라앉히고 의연하게 대처하려고 애썼다.

"과장님 언제 결정된 사항인가요? 왜 저에게는 아무 말이 없었나요?"

답답한 마음에 계속 반복되는 말만 물었다. 그 순간에도 지혜롭게 대처하려고 애썼다. 상대방의 입장을 생각했다. 담당과장은 결정권자가 아니라는 사실을 인지했다. 그리고 차분하게 말했다.

"아무것도 모르는 사람을 외부에서 초빙하는 것은 안 됩니다. 제가 그랬듯이 내부에서 임용되는 것이 훨씬 안정된 운영이 될 것이라고 봅니다."

애써 그렇게 말은 했지만 온 몸이 부들부들 떨렸다.

전화를 끊고 한참동안 멍하니 있으니 눈물이 주르륵 흘렀다. '내일이 행사인데 어쩌지. 힘든 내색 하면 안 되는데.' 교실을 둘러보았다. 부모들을 초대하는 큰 행사라서 꼼꼼하게 체크할 것들이 많았다. 그동안 많이 의지하고 일 해왔던 한 교사와 눈이 마주쳤다. 눈물이 울컥 쏟아지려는 것을 삼키고 서둘러 내 자리로 돌아왔다.

1월, 2월은 현재 졸업준비와 입학준비를 같이 해야 하는 시기라서 정신없이 바쁘다. 3개월 전에 해고통보를 받은 셈이다. 무슨 일이든 황당하고 어이없는 일을 겪으면 처음엔 받아들이기 어렵다. 시간이 지날수록 그 마음은 화로 바뀌고 억울한 마음이 들기도 한다. 잠이 오질 않았다. 밥을 먹어도 무슨 맛인지 모르겠고, 내가 왜 이런 일을 겪고 있는지 도대체 이해할 수가 없었다. 1주일이 지났다. 내가 어떻게 그 시간동안 지냈는지 기억도 나질 않는다. 담당자에게 전화를 걸었다.

"과장님 제가 어떤 실수라도 한건가요? 아니면 학부모에게 민원이라도 들어온 건가요?"
"아닙니다. 원장님 아무문제 없습니다. 잘 해오셨고, 학부모들의 신뢰도도 높고요."
"다만, 오랫동안 일하셨고, 위탁계약기간이 만료되어서 그렇게 결정이 된 것 같습니다. 면목 없습니다."

'아~~ 계약기간 만료. 결국 구조조정이구나.' 그렇게 말로만 듣던 구조조정. 내가 너무 오래 이 조직에서 일한건가. 젊음을 다 바친 나의 분신과도 같은 직장이었는데. '그래, 언젠가는 떠나게 될 곳인데 3개월 전이라도 미리 알게 되어 얼마나 다행이야.' 나를 스스로 위로했다. 어쩔 수 없었다. 이미 결정된 것이라니. 이젠 받아들일 일만 남았다. 머리로는 이해가 되었지만 막상 기분 좋게 받아들일 수 있는 일은 아니었다. 그래도 힘든 일 궂은일 참고 잘 견뎌온 한 기관의 장이었다. 20년 넘게 한곳만 바라보며 열심히 달려온 나에게 이렇게 예의없이 딸랑 전화 한통으로 통보가 웬말인가. 생각하면 할수록 괴로운 시간들이었다. 다른 사람들은 이런 위기가 올 때 어떻게 견디고 어떻게 행동할까. 나는 좀 더 성숙하게 생각하면서 지혜롭게 내가 남은 시간을 어떻게 마무리해야 할 것인지 고심했다.

그간 입사해서 지금까지 있었던 많은 일들이 파노라마처럼 스쳐지나갔다. 지금의 나를 있게 해주고 책임껏 성실한 모습으로 살아온 직장이었다. 힘들었던 기억만 있는 것은 결코 아니었다. 정신을 바짝차렸다. 한 달 동안은 회사가 나를 헌신짝 내버리듯 함부로 한다는 생각이 들어 분하고 억울하다는 생각만 했었다. 이제 돌이킬 수 없는 상황이니 그 위기를 잘 대처해야 했다. 내가 머물렀던 소중한 직장을 떠나기 전 잘 정리하고 후임자에게도 흔들리지 않는 평정심으로 자리를 내어주고 마무리에 최선을 다하자고 결심했다.

살다보면 참 많은 일들이 일어난다. 사람들은 대부분 좋았던 일은 금세 잊고 지금 당장 힘들고 해결하기 어려운 일만 생각한다. 내가 그랬듯이 말이다. 큰일을 겪고 나면 다음부터는 미리 앞을 내다보고 준비해야지 마음을 다잡지만 또 비슷한 상황이 오면 다시 주저앉고 만다. 왜 그런 것일까. 나만 힘들고 나에게만 이런 일이 일어났다는 착각 때문은 아닐까. 20년이 넘도록 다닌 직장을 불과 3개월 전에 떠나야 한다는 사실은 누구에게나 힘든 일일 것이다. 직장에 애착이 깊고 최선을 다해 이끌어온 나 자신이 자랑스러웠다. 누가 알아주지 않았지만 나 자신은 얼마나 열심히 일해 왔는지 아니까. 그래서 떠나는 것이 쉽지 않았다.

힘든 역경을 딛고 많은 시행착오를 겪은 만큼 두려운 순간이 많았다. 하지만 결정적일 때 나는 주저하지 않았고, 진취적이고 빠른 결단력으로 좋은 교육자 역할을 해냈다. 내가 나를 인정해주니 퇴직도 명예롭게 느껴졌다. 누구의 칭찬이 중요한 것은 아니다. 잘 걸어온 나 자신을 내가 인정해준다면 새로운 길이 열리게 될 것이라 확신했다.

5. 말로만 듣던 인신공격

요즘 뉴스를 보면 끔찍한 일들이 많이 보도된다. 나도 모르게 TV 채널을 돌리게 된다. 다들 너무 예민해서 조금도 양보할 생각이 없고, 도를 지나치는 사건사고가 매일 쏟아지기 때문이다. 끊임없는 정보의 홍수 속에 하루하루 치열하게 살기 때문일까. 자기 자신을 돌아보고 반성하는 분위기보다는 일이 안 풀리면 어김없이 남의 탓을 하며 살아가는 사람들이 많다.

원장이 되면서 처음으로 공식적인 외부활동을 하게 된 것은 직장보육시설 기관장들이 모이는 회의에 참석하는 일이었다. 좋은 정보도 공유하고 다양한 교육에 관련된 아이디어도 얻을 수 있는 좋은 기회다. 그곳도 하나의 조직이라서 원장의 경력과 다양한 직장형태에 따라 서열이 자연스럽게 나누어진다. 초보원장은 하나같이 말없이 다소곳하게 조용히 밥만 먹고 회의가 끝나면 빨리 직장으로 돌아간다. 연차가 쌓이면 여유가 생기니 원장님들과 담소도 나누고 요즘 교육의 트렌드에 대해 진지하게 이야기도 나눈다. 요즘은 코로나 때문에 학부모들을 초대하는 행사나 단체로 모이는 교육은 엄두도 못

내고 있지만, 20년 전만해도 다양한 교육을 받아 각자의 원에 맞게 커리큘럼을 짜서 좋은 원의 이미지를 만드는데 앞 다투어 열심이었다. 나는 경력이 쌓여가도 거의 초보원장에 속했다. 다양한 정보를 받아들이는 것도 좋지만, 무엇보다 우리 원이 아무런 안전사고 없이 하루를 보내는 것이 더 중요했다.

한 조직의 리더로 서기 위해서는 나만의 원칙과 소신이 절대적으로 필요했다. 비록 내 사비를 들여 직접 운영하는 어린이집은 아니었지만, 오히려 회사에서 믿고 맡겨주었기에 주인의식을 갖고 더 열심일 수 있었다. 현장에서 근무하는 남직원들이 대부분이었기에 아빠들이 중심이 되었다. 그러다보니 서로 알고 가족처럼 지낼 수 있다는 것이 장점이었다. 그런데 전체를 관리하는 운영자의 입장에서는 힘든 점도 많았다. 교사들의 성향에 따라 학부모의 불만사항도 많기 때문이다. 아이들 물건을 꼼꼼하게 못 챙기는 선생님, 전화를 자주 하고 친절하게 학부모를 사로잡는 선생님, 아이들에게만 최선을 다하면 알아줄 것이라고 생각하는 선생님… 사소함이 큰 차이를 만드는데는 교사의 역할이 컸다. 교사들의 실수가 이어질 때 꼭 모두가 공유해서 같은 실수를 반복하지 않도록 소통했다. 잘 한 일은 칭찬해주고 교사로서 자존감을 높여주기 위해 좋은 분위기를 만들려고 애썼다. 학부모의 방대한 요구사항을 다 받아들일 수는 없었다. 교육을 하는데 있어서 부모들의 입맛에 다 맞춰줄 수는 없었다. 일관성 있게 교육적인 안내를 똑같이 적용하는 것이 중요했다. 첫 번째도 두 번째도 세 번째도 아이중심의 교육을 하는 것이 먼저였다. 그것이 나의 소신이고 철학이었다. 아이의 발달과정도 있고 단계가 있는데 무조건 어른인 부모들 입맛에 맞추어 그럴싸하게 포장하는 것은 교육이 아니라고 생각했기 때문이다.

입학 전 2월에는 학부모들이 알아야 하는 사항들에 대해 오리엔테이션을 진행한다. 귀한 아이들을 한 방향으로 키우자면서 가정에서 도와주어야 할 부분을 설득해 나갔다. 좋은 것들을 아낌없이 주기 위해 어른들의 노력은 필수였다. 원장이 된지 8년이 다 되어가니 나름 자신감도 생기고 뚜렷한 나의 방향대로 원 운영을 해 나가니 회사의 신뢰를 얻었다. 모두가 나를 좋은 원장, 좋은 교육자로 인정해 준다고 생각했다. 그것은 착각(?)이었다는 것을 알게 된 계기가 있었다.

한 달에 한 번 회사에 들어가서 어린이집 운영과 관련된 회의를 했다. 회사보다 더 결정권한이 높은 노동조합 임원들도 참석하는 어려운 자리도 있었다. 노동조합에서 임원을 맡고 있는 사람들은 까칠하게도 보이고 조금 무섭게도 보인다. 하지만 어린이집 이야기에는 한없이 너그럽고 관대했다. 가족같은 사우들의 자녀를 위한 복지를 책임지고 있는 분들이기 때문인 듯 했다. 회의 참석자는 보통 회사 관계자 두 명, 노동조합 임원 두 명, 어린이집 대표로는 원장인 나 혼자였다. 겉으로는 의연하고 당당했지만 속으로는 많이 떨렸다. 일반 어린이집과 달라서 회사가 운영하는 곳이다 보니 그만큼 기대가 컸고, 요구사항도 다양했다. 어린이집의 장으로서 교육을 하는데 있어 애로사항이나 문제가 되는 일들을 협의하는 자리였기에 나도 어느 때보다도 긴장을 하고 참석했다.

어린이집에 관련해서 간략하게 보고를 드리고, 특별한 문제가 없이 잘 운영되어지고 있다는 점을 어필했다. 회사도 원장님께서 잘 운영해주시니 더 바랄 것이 없다고 말하고 회의를 마치려고 하는데 갑자기 노동조합 임원 한분이 내 얼굴을 빤히 쳐다보면서 무례한 말투로 질문했다.

"원장님 지금 여기에서 근무한지 몇 년이나 되셨죠?"

"교사로 9년, 원장으로 8년째 근무 중입니다."

"그렇게나 오래 근무했단 말입니까? 장기집권을 하고 있다는 생각 안 드십니까?"

"원장님은 왜 학부모들에게 친절하지 않나요? 원장님이 너무 깐깐하고 까칠하다는 소문이 있던데요."

"우리 아이는 집이 멀어서 여기 못 다니고 있지만요. 딸아이가 다니는 어린이집 원장님은 수수하고 옆집 아줌마처럼 푸근하고 인상도 좋고 성격도 좋은데."

대체 무슨 말을 하고 싶은 걸까. 지금 업무 이야기를 하다가 왜 개인적으로 느끼는 감정을 말하는 걸까. 장기집권을 하니까 일도 대충

하고 학부모들에게도 성의없이 하고 있는 거 아닌가 뭐 이런 말을 하고 싶은 건가. 대답할 가치조차 없다는 생각이 들었지만 마음을 가다듬고 대화를 이어갔다.

"제가 어떤 부분에서 부족하게 보여질 수도 있었겠네요. 아이들 교육에 있어서 미비한 것이 있다면 보완하겠습니다."

자칫 잘못하면 감정적으로 내가 더 곤경에 처할 수 있을 것 같다는 생각이 들었다.

"아니, 원장님이면 학부모들에게 좀 더 살갑게 대하고, 나긋나긋 친절하게 대해야 되는 거 아닙니까?"

점점 언성을 높이며 말을 했다. 자신의 질문에 회피한다고 생각한 것 같았다. '나긋나긋'이라는 말에 화가 치밀어 올랐다. '나이도 어리고 쉽게 보이니 이 사람들이 함부로 나를 조롱하듯 말하고 있구나.' 직감했다. 개의치 않고 차분하면서도 당당하게 말했다.

"사람은 모두가 다 다른 생각을 합니다. 아무리 친절하게 설명을 해도 받아들이는 사람이 편견을 두고 듣는다면 저는 나쁜 원장이 될 수도 있겠지요. 아이들의 교육에 특별한 문제라도 있었나요? 정말 제가 잘못한 부분이 있다면 그분을 만나 직접 사과하도록 하겠습니다. 하지만 지극히 개인적인 감정을 가지고 이렇게 중요한 회의석상에서 나누어야 할 이야기는 아닌 것 같습니다."

"아니 뭐 딱히 잘못했다는 것이 아니라…"

말끝을 흐렸다. 다행히 회사 측 팀장님이 제제해 주시고 분위기를 바꿔나갔다. 기타사항을 간단히 의논하고 회의는 종료되었다.

　노동조합 아니라 더 지위가 높은 사람이 왔다 해도 그렇게 함부로 말하는 사람이면 나는 누구든 똑같이 대처했을 것이다. 상대를 짓누르고 제압하는 말을 하는 사람들을 종종 보게 된다. 큰소리로 따지면 세상을 이기는 것처럼 논리도 없고 형평성도 없는 그냥 막말을 하는 사람들이 있다. 무시당하는 느낌은 누구나 싫다. 그런 느낌이 들 때는 좀 더 논리적이고 차분한 말투로 상대에게 다름을 인식하게 하는 것도 나를 지키는 방법이라는 것을 그때 배우게 되었다.

6. 지렁이도 밟으면 꿈틀한다

나는 나를 잘 몰랐다. 누구나 그럴지도 모르겠다. 진짜 나를 알 수 있는 방법은 무엇일까. 위험하고 힘든 상황에 처했을 때 어떻게 대처하는지를 알면 확실히 알 수 있지 않을까. 사회생활을 하면서 좋은 상사를 만나 일하는 것도 큰 복일 것이다. 하지만 늘 좋은 상사를 만날 수도 없는 노릇이다. 오히려 세상 돌아가는 물정을 더 빨리 알게 되고 나를 더 단단하게 만드는 것은 좋은 상사가 아닐지도 모르겠다.

큰 아이를 출산한 후 직장 어린이집에 입사했다. 그런데 1년이 지나 둘째가 생겼다. 임신을 한다는 것이 축하받을 일이고 좋은 일이지만, 직장상사 입장에서는 달갑지 않은 소식이다. 담임교사와 부담임교사를 결정해야 하고, 교사를 새로 채용하는 번거로움이 있기 때문이다. 나 또한 죄송스러운 마음으로 무겁게 입을 열었다.

"원장님 둘째가 생겼어요. 한창 바쁠 때 몸이 무거워질 것 같아서 고민하다가 말씀드려요."

원장님은 뜻밖의 소식에 무척 놀란 표정으로 나를 바라봤다.

"축하할 일이긴 한데. 그럼 내년에 어떻게 할 거야?"

생각지도 않았던 질문이었다. 출산휴가도 있을 테고 휴가 후에 다시 복직을 하면 될 텐데. 무슨 의미일까 한참 멍하게 있었다. 일단 알겠으니 나가보라고 했다. 민망함과 뭐라고 설명하기 힘든 복잡한 감정이 생겼다. '아이를 가진 것이 이렇게 눈치 볼 일인가?' 출산은 2월 중순이었다. 졸업준비에 한창 바쁠 때이다. 원장님의 마음도 알 것 같았지만 서운함만 남았다.

몸이 점점 무거워지고 고단하긴 했지만 그렇다고 내 할 일을 미루거나 게으르지 않았다. 더 부지런히 움직였다. 동료교사에게도 짐이 되고 싶지 않았다. 요즘 같으면 임산부 직원을 더 우대하고 나라에서도 특별대우를 해줬을 건데 왜 그리도 눈치가 보였는지. 어린이집 개원 초창기였기에 교사 일손이 부족했다. 임신했다고 대우받을 생각도 없었고, 나의 업무는 완벽히 하려고 노력했다. 만삭이 되어 출산휴가를 들어갈 때까지 차량도 타고 청소도 하면서 똑같이 일했다. 뒷소리가 듣기 싫은 까닭이었다. 배는 점점 불러오고 몸이 많이 무거워질 때쯤 원장님의 한마디는 마음속 깊이 상처가 되었다.

"김 선생은 뭐 하러 힘들게 직장에 들어왔어? 그냥 하던 대로 피아노 학원이나 운영하지."

뭐라고 대답할까 고민할 틈도 없이 바로 이어 말씀하셨다.

"출산하고 힘들면 아이 키우고 나서 학원 다시 하면 되지."

불편한 말이었지만 내색하지 않고 "전공을 살려 아이들을 가르치는 경험이 저에겐 중요하니까요. 출산 잘하고 복귀 할게요." 여성들의 경력이 단절되는 이유가 여기에 있다. 그 고비를 넘기지 못하고 직장에서 눈치를 주기 때문이라는 말이 실감나는 순간이었다. 원장님이 나를 탐탁지 않게 생각하는 것 같아서 속상했지만 그럴수록 나는 민폐가 되지 않도록 끝까지 최선을 다했다.

출산 후, 겨우 두 달 산후휴가를 보내고 아직 회복되지 않은 퉁퉁부은 몸으로 졸업식에 참석했다. 돌아와 보니 새내기 교사가 와 있었다. 내 몸 상태가 아직은 담임교사를 맡기엔 이르다고 생각하셨는지 내 대신 신입교사에게 반을 맡게 하셨다. 나를 배려하신 거라고 생각하니 감사했다. 담임과 부담임은 미묘한 차이가 있었다. 그야말로 주와 부가 나뉘는 것이다. 경력이 쌓이면 오히려 보조역할을 해주는 것이 책임에서 한 발짝 멀어지는 거라서 편하게 받아들일 수 있지만, 그때는 괜히 부담임을 맡으면 뒤쳐지는 것 같고, 허드렛일만 하는듯한 느낌이 들었다. 아이들에게 해줄 수 있는 일은 똑같다고 여기면 되는데, 수업이나 모든 결정권한이 담임교사에게 있어서 그랬는지도 모르겠다. 어쨌든 나는 그 당시 회계업무를 맡았다. 그때는 모든 서류를 수기로 작성할 때였다. 회계장부를 정리하고 영수증도 매월 붙여두고 관리하는 일이었다. 그밖에도 담임교사들을 도와주고 뒤에서 살펴주고 체크하는 일들을 함께 했다. 회계업무를 맡다보니 원장님께 보고 드릴 일도 많고 물어보는 일이 잦았다. '원장'이라는 직책이

편한 줄만 알았는데 가까이서 하는 일을 보니 쉬운 일은 없구나 생각했다. 담임을 맡지 않을 때라도 옆에서 더 잘 도와드려야겠다고 생각하며 일했다.

원장님이 직접 아이들 간식을 사 올 때가 대부분이었다. 영수증을 주시면 꼼꼼히 정리하고 잔액을 맞추는 일이 내 업무였기에 실수하지 않으려고 애썼다. 그런데 영수증 내역 중 모르는 내용이 적혀있어 여쭤보려고 원장님께 갔다.

"원장님, 이게 무슨 내역일까요? 가게에서 쓰는 용어일까요? 잘 모르겠어서요."

나는 그저 몰라서 여쭤본 것일 뿐이었다. 그런데 대뜸 원장님은 언성을 높이고 화를 내셨다.

"김 선생, 지금 나를 의심하는 거야? 아니 영수증을 주면 그냥 확인하고 계산만 하면 되지 뭘 따지고 들려고 해?"

기가 막혔다. 말문이 턱 막혔다.

"그게 아니라 제가 기록을 해야 해서 여쭤본 것 뿐입니다."

그래도 원장님은 화가 덜 풀리셨던지 "김 선생은 왜 맨날 그렇게 나랑 부딪히지? 원장을 너무 함부로 대하는 거 아니야?" 내가 생각한 것과는 너무도 다르게 받아들이고 오해를 하셨다. 어이가 없었지만 나도 혹시 말실수를 했을 수도 있는 것 같아 조용히 내 자리로 돌아왔다. 가만히 있자니 화가 났다. '왜 원장님은 저렇게 나만 미워하는 거지? 아니 몰라서 물어본 것도 잘못인가?' 마음이 불편했다. 그래도 이런 마음을 오래 갖고 남은 오후시간을 보낼 수는 없었다. 원장실로 향했다.

"원장님~ 오해하지 않으셨으면 좋겠습니다. 제가 실수한 일이 있다면 고치겠습니다. 그런데 원장님 몰라서 물어본 것도 잘못일까요? 제 업무상 필요한 이야기라서 드린 말씀일 뿐입니다. 앞으로는 영수증 주시는 대로 무조건 정리하겠습니다. 그런데 아까 저한테 화내신 거 사과해주세요. 저를 함부로 대하신 것 같아 저도 속상합니다."

어디서 이런 용기가 났을까. 지금 생각해도 참 당돌했다. 그 일이 있은 후 원장님은 나를 대하는 태도가 달라졌다.

옛 속담에 '무는 개를 돌아본다.'라는 말이 있다. 늘 상대를 높여주고 존중하면 으레 만만하게 생각하는 것이 사람의 심리인 것 같다. 항상 아랫사람이라고 고개 숙이며 무조건 잘못했다, 죄송하다 이런 말을 반복하는 것은 이치에 맞지 않다고 생각했다. 물론 예의 없이 윗사람에게 따지고 드는 건 안 되는 일이다. 나도 지나칠만큼 예의를 중시하는 부모님께 가정교육을 받고 자랐다. 사회생활을 하다 보니 나를 지키는 일은 다른 사람이 대신 해줄 수 없는 일이라는 것을 깨닫는 시간이었다. 상대가 감정적으로 대할 때 나는 더더욱 평정심을 유지하는 것, 그것은 삶의 지혜였다.

7. 갑과 을은 어디에나 존재한다

　직장 어린이집에서 근무하는 동안 다양한 문제가 있었다. 특히, 사람들 때문에 힘들었다. 아이들 가르치는 일 뿐이라면 얼마든지 즐겁고 유쾌하게 일할 수 있었을 터다. 그러나 조직이란 곳은 늘 다양한 사람이 함께 섞일 수밖에 없었다. 동료교사도 학부모도 상대해야 했다. 원장이 되고나서부터 사람들과의 관계에 더 신경을 쓰게 되었다. 아이보다 어른 상대하는 것이 훨씬 어려웠다. 교사와 학부모를 다독거리고 설득시키는 일은 생각보다 더 힘들었다. 조금만 생각이 달라도 마찰이 빚어지기 일쑤였다. 내가 옳다고 생각하는 일에 대해서도 '그들'은 전혀 다른 대안을 제시하곤 했다. 옳고 그름을 떠나 생각의 다양성을 인정하고 받아들여야 했다. 덕분에 나는 내 생각이 때로 편협하고 넓지 못하다는 사실을 차츰 인정할 수 있게 되었다. 조직생활을 통해 '관계'를 배울 수 있었다.

　어린이집이 새로운 환경에서 업무를 시작할 때였다. 원아모집 기간에는 눈코 뜰 새 없이 바빴다. 사원자녀만 입학이 가능했다. 일반

자녀는 아예 입학자체가 허가되지 않았다. 그럼에도 불구하고 아이들은 넘쳐났다. 어린이집에서 원아모집 공고를 내고 원서도 직접 받았다. 사원들의 어린이집에 대한 관심도가 집중될 때이기도 했다. 원장실에서 원서를 쓰고 궁금한 점들을 간략히 상담해드렸다. 모집기간이 이틀 남아있을 무렵, 계속 학부모들이 몰려왔다. 어린이집 담당자가 전화를 줬다. 노동조합 복지부장님과 함께 방문한다는 이야기였다. 평소와 같이 원장실에서 수시로 들어오는 원서를 접수받고 대기 중이었다. 담당자는 오자마자 왜 아무 준비도 안하고 있었냐면서 짜증을 내면서 들어왔다. 어리둥절했다. 지금 내 업무공간에서 일을 하고 있는데 이게 무슨 말도 안 되는 이야기일까. 눈치 없었던 나였다. 미리 오신다고 했으니 과일과 차라도 준비하고 기다렸어야 한다는 뜻인가. 그 당시 노동자의 권리가 하늘을 찌를 듯 했다. 15년 전만해도 노동자의 파업 한번이면 회사에서는 임금협상도 거의 다 노동자들의 요구대로 맞춰주던 시절이었다. 나는 원장실 밖으로 나가서 아무렇지 않게 손님을 안내했다.

"원아모집 기간이라 계속 학부모님들이 오고 계셔서 미리 나오지 못했네요. 어서 들어오세요."

회사 담당자는 노동조합 간부의 눈치를 보면서 모시고 들어가라고 신호를 보냈다. 그런데 이게 웬일인가. 젊고 등치도 큰 부장은 버럭 소리를 질렀다.

"원장이 어려서 뭘 몰라도 한참 모르는구만. 내가 누군지 몰라? 손님 대하는 게 이게 뭐야?"

나는 회사에서 일하는 방식이 어떻게 돌아가는지 이미 경험했기에 놀랐지만 태연하게 말했다.

"언짢게 생각지 마시고 들어오셔서 이야기 나누시게요."

그래도 소용없었다. 그리고 나가버렸다. 회사 담당자는 쩔쩔매면서 덩달아 따라 나갔다. 아무리 내가 의연하게 대처한다지만 갑작스런 상황에 화가 치밀어 올랐다.

'뭐야 해 보겠다는 거야? 아이들의 신성한 교육장에서 자기과시에 저런 말도 안 되는 태도가 말이 돼?' 반말은 기본이고 무서운 게 없어 보였다. 그 상황에서 갑과 을은 딱 정해져 있었다.

내가 을이었다. 갑에게 잘 보이려는 척이라도 했어야 했지만 나는 당연히 그렇게 하지 않았다. 나만의 방법이 있었기 때문이다. 우선 이런 상황을 잘 이해하는 과장님께 전화로 보고를 드렸다. 그리고 밖으로 나갔다. 버럭 화를 냈던 간부가 회사 관계자와 통화를 하고 있었다.

"지금 이게 뭐하는 거야? 당장 컨테이너 박스라도 설치해. 오늘부터 나 여기서 감시할 테니까."

상대를 군림하고 제압하려는 말투였다. 일부러 나 들으라고 더 큰 소리로 난리를 쳤다. 나는 심장이 콩닥 콩닥 요동을 쳤지만 표정은 아무렇지 않은 의연함으로 무장했다. 전화를 끊자 나는 상냥하게 말했다.

"부장님 화 가라앉히세요. 저도 나름 바쁜 업무가 있었답니다. 들어오셔서 차라도 한잔 하면서 말씀 나누시게요."

민망했던지 신경 쓰지 말라고 하면서 그 자리를 떴다. 참 별의 별일이 있구나. 말이 통하지 않는다는 것은 이런 상황을 두고 말하는 것임을 느꼈다.

30대 후반. 유난히 어리게 보여 상대가 느꼈을 때는 함부로 해도 된다는 무의식이 있었을 수도 있다. 청바지를 입으면 다 교사라고 생각할 이미지였다. 장점이라고 생각한 나의 이미지는 매번 무시당하기 일쑤였다. 그 일이 있은 후 나는 처음으로 나이가 많았으면 좋겠다고 생각했다. 젊다고 해서 많은 사람들을 응대하지 못한 것도 아니고 관계가 소홀한 것도 아닌데 황당했다. 직책이 있지만 상대의 나이가 어려보이면 쉽게 대해도 된다는 생각을 하는 듯 했다.

원장이 되고부터 의상에 많은 신경을 썼다. 한 기관의 장으로서 위엄도 있어보여야 했고, 외부에서 방문했을 때에도 원장으로서 품위가 돋보이는 그런 의상을 골라 입었다. 머리부터 발끝까지 단정하고 흐트러짐 없는 자세와 태도로 출근했다. 모두가 나를 지켜보고 신경을 곤두세우고 있다는 것을 알고 있었기 때문이다. 그보다는 나 자신에게 떳떳하고 당당해지기 위해 이미지를 가꾸고 다듬었다. 그 덕분에 회사에서는 나를 점차 신뢰해주었다. 아이들을 위한 교육을 일관성 있게 펼쳐가니 학부모들의 만족도 점점 더 높아지고 있었다. 미래의 꿈나무들을 잘 가르치는 것만으로도 회사의 이미지를 높이는 데 이바지 한다는 것에 자부심을 느끼며 생활했다.

미국 전 대통령 버락 오바마의 영부인 '미쉘 오바마'가 대선 연설에서 한 말을 인용한다.

'그들이 저급하더라도 우리는 품위있게 가자' 그렇다. 누군가 소리를 지르고 자기감정에 격앙되는 태도를 보일지라도 휩쓸리지 않고 당당하게 격을 지킨다면 우리들의 일상은 방해받지 않을 것이다. 일관적인 태도가 내 삶을 지키는 유일한 소통이 될 수 있다는 사실을 경험한 값진 날이었다.

8. 구겨져버린 자존감

기분 좋은 바람이 불어온다. 아침저녁으로 쌀쌀하지만 걷기 좋은 봄이다. 초보원장 시절에 나를 잘 따라주었던 교사와 오랜만에 차 한 잔 나누기로 했다. 약속시간보다 일찍 도착해서 카페 창가에 앉았다. 분홍색 벚꽃 잎이 봄비처럼 흩날렸다. 예쁜 4월의 봄. 이렇게 봄이 아름다웠나 싶을 정도로 화사한 날이었다. 오랜만에 만나서 예전 이야기를 나누었다. 추억을 더듬어보면 좋았던 기억도 많지만 아프고 상처가 되었던 기억도 있다. 따뜻한 봄이지만 4월이 되면 떨쳐버릴 수 없는 악몽같은 기억이 되살아난다.

3월, 아이들이 입학을 하고 나면 4월까지는 정신없이 바쁜 신학기 기간이다. 아이들, 선생님, 부모님도 모두 아이의 적응을 위해 정성을 들인다. 하나부터 열까지 모두 중요하지 않은 것은 없지만 그중에서도 가장 중요한 것은 아이들의 안전이다. 등하원 시간은 모두가 몇 번씩 확인하고 점검해야 한다.

아이들의 등하원은 시시때때로 달라진다. 부모님과 약속한 장소에서 아이들의 등하원이 이루어지면 좋겠지만, 그렇지 못할 때도 많다. 변경사항이 수시로 바뀌기에 모든 교직원은 긴장을 늦춰서는 안된다. 그런데 퇴근시간 무렵 전화벨이 울렸다. 순간적으로 느낌이 이상했다.

"원장님, 제가 원으로 데리러 가겠다고 했는데 아이를 차에 태워 보내시면 어떡해요?"

갑작스런 말에 당황스러웠다.

"어머님~ 무슨 착오가 있으셨나보네요 제가 확인하고 전화 드릴게요."

"아, 됐어요! 제가 일이 있어서 오늘하루 부탁드렸는데 너무하시네요! 지금 애 아빠랑 어린이집으로 갈테니 기다려 주세요. 애 아빠도 엄청 화 많이 났어요!"

지유 엄마는 무척 화가 많이 난 상태로 곧바로 전화를 끊어버렸다. 자초지종을 알기 위해 교사들과 어떻게 된 일인지 이야기를 나누었다. 지유는 평소 일찍 가는데 그날따라 엄마가 데리러 오신다는 것을 깜박 잊고 선생님이 차를 태웠다. 부모님이 나오지 않으셨다면 반드시 원에 확인해보고 다시 아이를 어린이집으로 데리고 왔어야 했다. 그런데 경험이 없는 교사가 아무 생각없이 지유와 같은 반 친구 효정이를 데리러 나온 언니에게 맡기고 와버린 것이다. 인계한 보호자가 어른이 아니었기에 상황은 더 오해가 되어 부모님이 단단히 화가 난 것이다. 다행히 지유는 효정이와 잘 놀고 있었고, 효정이 부모님의 연락으로 아이를 찾으셨다. 내가 부모라도 황당한 일이다. 확인 절차를 거치고 아이를 정확히 보호자에게 인계하는 것은 교사로서 가장 기본적인 매뉴얼인데. 아~ 그저 착잡했다. 부모님이 오시면 죄송하다고 말씀드리고 언짢으신 마음을 잘 풀어드려야겠다 생각하고 기다렸다.

엄마 아빠 두 분이 아이를 데리고 화난 표정으로 들어왔다. 너무 놀라고 화가 나셨을 부모 마음을 나도 알기에 일단 앉으시라 하고 진정되기를 기다렸다. '아이가 다친 게 아니라 천만 다행이다.' 고 생각하고 있었는데 그런 내 마음을 비웃기라도 하듯 부모님이 언성을 높이기 시작했다.

"원장님 오늘 차량 탄 교사가 누굽니까? 어떤 선생님이에요? 당장 오라고 하세요."

생각보다 사태는 심각했다.

"아버님. 오늘 일은 정말 뭐라 드릴말씀이 없습니다. 이런 실수가 다시는 생기지 않도록 교직원 모두 주의를 기울이고 교육시키겠습니다. 죄송합니다. 아버님 화 푸세요."

하지만 소용없었다.

"아니 원장님이 죄송할 일은 아니고요. 당장 그 교사 오라고 하세요."

어린이집을 흔드는 고함소리에 몸이 떨렸다. 그 와중에도 나는 어떻게든 설득해보려고 애를 썼다. '나도 이렇게 무섭고 놀라는데 경험도 없는 초보교사가 얼마나 상처받겠어. 어떡하지.' 떨리는 심장을 잡고 아빠의 화가 가라앉기만을 기다리고 있었다. 쩌렁쩌렁 울려대는 고함소리에 오늘 차량을 탄 선생님이 원장실로 들어왔다.

"원장님 당장 이 교사 해고 하세요."
너무 놀라 부모님을 진정시켰다.
"어머님, 아버님, 다 제가 부족한 탓입니다. 앞으로는 이런 일이 없도록 하겠습니다. 죄송합니다."
나는 어떻게든 그 상황을 긍정적으로 잘 풀어가고 나이 어린 선생님을 대변하고 싶었다. 죄송하다는 말 밖에는 적절한 말이 떠오르지 않았다. 죄인이 된 듯 연신 부모를 달래느라 정신이 없었다. 계속되는 막말과 고함소리에 나는 어떻게 하면 부모님 화가 가라앉고 이 상황을 종료할 수 있을지 생각했다. 원장이 된지 3년째 되던 해였다. 부모의 민원사항을 듣고 해결해왔지만 이런 일이 처음이라 예기치 않은 상황에 속수무책으로 당황하기만 했다.
나는 그 순간 교사와 함께 무릎을 꿇었다. 그런 액션이라도 취하지 않으면 정말 우리에게 더 큰 상처가 될 것 같았다. 그렇게라도 하면 화가 풀릴 거라 생각했다. 부모님은 원장과 교사가 자기 앞에서 무릎 꿇은 것을 보고 통쾌했을까. 한참 시간이 지나고 부모님은 아이를 데리고 나가면서까지 교사를 당장 해고하지 않으면 회사에 말하겠다고 끝까지 엄포를 놓고 가셨다.

다리에 힘이 풀렸다. 털썩 주저앉았다. 그리고 그 선생님 손을 꼭 잡았다.

"선생님 많이 놀랐지? 별일 없을 거야. 내가 잘 해결해볼게."

선생님은 울면서 말했다.

"원장님 괜히 저 때문에 무릎까지 꿇으시고. 너무 죄송합니다. 제가 그만두어야 부모님이 화가 풀리실 것 같은데요"

모든 교사들을 모아 회의를 시작했다. 오늘 있었던 자초지종을 상세히 보고받았다. 그리고 차량에 대한 매뉴얼을 다시 상기시킬 수 있도록 하고 오늘을 절대 잊지 말자고 다짐했다. 누구라도 이런 일을 겪을 수 있으니 더 정신을 바짝 차리자고 당부했다. 교사가 실수를 했지만 그렇다고 이런 일로 나무라고 혼만 내면 더 두려워서 이 일을 하는데 트라우마가 있을 수 있다고 생각하고 보듬어 주었다. 그때까지는 참 멋진 원장이고 괜찮은 리더라고 스스로 생각했다.

그날 밤 잠이 오지 않았다. '내가 대체 뭘 잘못했길래 무릎까지 꿇은 거지?' 계속 억울한 생각만 들었다. 시간이 지날수록 그 사건은 나를 옥죄이고 있었다. 누구도 나에게 그런 행위를 하라고 강요하지 않았다. 상황을 무마시키려는 임시방편으로 내가 선택한 방법이었다. 가슴이 답답하고 후회가 되었다. 정말 좋은 리더였다면 어떤 지혜를 발휘했을까. 다시 또 그런 상황이 온다면 나는 어떻게 대처할까.

함부로 무릎 꿇어서는 안 된다. 아무리 용서를 구할 일이 있다 할지라도 내가 선택한 방법은 잘못되었다. 아직까지 후회로 남아있는 그 일은 지울 수 없는 아픔이다. 내가 스스로 귀하게 여기지 않으면 다른 사람에 대한 배려도 상처로 남을 수 있다는 것을 깨닫게 된 인생의 큰 사건이었다.

9. 하면 하고! 말면 말고!

사람들이 나를 보고 완벽한 성격이라고 말을 하곤 한다. '내가 정말 완벽주의자일까' 생각해보면 전혀 그렇지 않다. 내가 해야 하는 일이 있다면 미리 계획하고 머릿속으로 먼저 그려보는 편이다. 그것은 완벽해서가 아니라 실수하지 않으려는 강박감 때문이다. 즉흥적으로 일을 처리하는 사람을 보면 부러웠다. 순간 임기응변도 능하고, 사회성도 좋아서 누구에게든 부드럽게 친근함을 표현하는 사람 또한 멋지게 보인다. 그렇게 다른 사람을 부러워하고 나의 장점은 찾지 못했던 내가 결정적으로 변화되는 계기가 있었다.

나의 장점을 꼽으라면 단연코 책임감과 성실성 이 두 가지다. 작은 일 하나에도 소홀하지 않으려는 자세는 교사생활 때부터 몸에 배어 있었다. 리더가 되고 보니 나의 그 두 가지 장점은 리더라면 다 갖춰야 하는 기본기라는 것을 알았다. 그보다 더 뛰어난 무언가가 필요했다. 부모님들의 만족도를 높이기 위해서는 부모를 교육으로 참여시키고 관심갖게 할 수 있는 기획능력이 필요했다. 15년 전만해도 모든 것을 교사들이 만들고 기획해서 행사를 진행했다. 운동회나 발표회 같은 큰 행사도 모든 교직원이 아이디어를 생각해서 만들어냈다. 그러다보니 정작 중요한 부모님들의 반응이나 전반적인 흐름을 인지할 수 있는 인원이 부족했다. 색다른 기획을 해보면 어떨까. 물론 비용이 들긴 했지만 이벤트 업체를 알아보았다. 행사의 모든 기획을 이벤트업체가 맡아서 해주는 것이었다. 교직원들은 부모님들을 많이 참여할 수 있는 아이디어와 준비사항을 더 꼼꼼히 챙길 수도 있었다. 생각이 구체적으로 정리가 되니 회사에 안건을 제시했다. 무상보육이라는 국가제도가 생기기 한참 전이었다. 사원복지제도의 일환으로 만들어진 어린이집이었기에 회사에서 주는 혜택이 많았다. 거기에 교육적인 요소를 불어넣어 학부모 만족도를 높이는 일은 아이들에게 더 좋은 환경을 마련해주는 것이었다. 기안을 올렸는데 담당자가 처음엔 너무 비용이 많이 든다고 안 된다고 딱 잘라 말했다.

"실장님 좀 더 생각해봐주세요. 아이들을 위해 교육에 더 많은 서비스를 돌려줄 수 있다면 회사의 이미지도 훨씬 좋아질 거라 생각합니다."

계속되는 나의 설득에 담당자는 한참 고민을 하다가 수락해주었다. 어린이집 운동회를 하면 회사 가족 행사나 다름없는 느낌이었다. 그만큼 회사에서는 아이들을 위해 많은 것을 지원해주고 지지해주었다. 이벤트 전문 업체가 행사진행의 전반적인 것을 맡아주니 교사들도 한결 준비과정이 수월했다. 게임도구나 다양한 놀이기구들도 세팅이 되어 온 가족 한마당 축제가 되었다.

회사관계자, 노동조합관계자 모두 참석하여 한마디씩 축사를 해주셨다. 물론 원장의 인사말과 개회사도 빠지지 않았다. 넓은 운동장에 울려 퍼지는 내 목소리에 모든 이들은 귀 기울여 들어주었다.

"여러분~ 고개를 들어 하늘 한번 올려다보십시오. 이렇게 넓은 자연이 우리 아이들의 바깥 교실입니다. 체험하고 경험하는 시간은 아이들의 마음을 자라게 하고, 가슴을 뛰게 합니다. 바르게 행동해라 잔소리 하지 않고 바른 모습이 삶이 될 수 있는 습관을 갖게 해주는 것이 교육입니다. 자녀는 부모님의 뒷모습을 보고 자랍니다. 부모의 말과 행동은 자연스럽게 스며들고 교사의 품성은 아이의 꿈이 자랄 수 있는 밑거름이 됩니다. 우리도 한때는 꿈 많고 순수했던 어린아이였습니다. 아이와 놀아주는 시간이 아니라 내가 아이가 되어 놀아보는 것입니다. 오늘 자녀들과 소중한 추억을 만들 수 있는 시간으로 채워보시길 바랍니다. 까르페디엠!"

행사는 성공적이었다. 행사를 위한 행사, 늘 으레껏 치러왔던 행사가 아니라 온 가족이 함께 즐기고 어울리면서 끈끈한 가족애를 느끼는 시간이었다. 우선 이벤트 업체의 사회자는 아주 노련한 프로 진행자였다. 진행자에게 우리 어린이집의 전체적인 분위기를 알려주었다. 모든 가족이 아이들로 인해 하나로 어우러지면 좋겠다는 나의 교육철학을 전했다. 역시 프로는 달랐다. 고급스러운 멘트와 학부모의 눈과 귀를 즐겁게 쉴 틈없이 모두가 참여하게 했다. 교사들의 청백전도 일품이었다. 또 원장은 그저 가만히 지켜보는 사람이라는 고정관념을 탈피하고 게임에 참여시켰다. 특히나, 마지막 릴레이 계주도 나를 참여시키니 전혀 의도되지 않는 상황들이 즉흥적으로 연출되었다. 아이들과 교사 그리고 학부모 모두가 하나로 어우러지는 게임과 레크리에이션으로 즐거운 행사가 치러졌다. 대부분의 학부모들은 집에 돌아가면서 흐뭇해하고 즐거워했다. 그 모습을 보니 나름대로 고민하고 행사를 기획한 보람이 있어 나 또한 뿌듯하고 만족스러웠다.

"원장님 정말 수고 많으셨어요. 많은 것을 우리 아이들에게 주려고 하시는 열정적인 모습에 고개 숙여 감사말씀 드려요."

"아이고 우리 원장님 아담한 체구에서 어쩜 그런 열정이 뿜어져 나옵니까. 놀랐습니다. 오늘 잘 놀다 갑니다. 앞으로도 더 좋은 참여 행사 기대하겠습니다."

"우리 말썽꾸러기 아이들 보시느라 살도 쭉쭉 빠지시겠네. 원장님 어린이집 잘 관리해주세요. 응원할게요."

가시면서 모두들 한마디씩 격려해주고 손 붙잡고 감사의 메시지를 남겨주셨다. 회사에서도 학부모의 반응이 좋으니 나를 달리보기 시작했다. 유아교육자로서 뿌듯했다. 함께 참여하고 보고 듣고 느끼는 시간으로 만들고 싶었다. 아이들이 마음껏 펼칠 수 있도록 무대를 만들어 주는 것. 그것이 나의 소신이었다. 나무가 아닌 숲을 보면 더 큰 희망을 품게 될 것이라는 신념을 가지고 작은 일에도 최선을 다하고 싶었다. 함께 한다는 것. 그것만큼 좋은 교육은 없다는 나의 확신이 꽃을 피워낸 듯 했다.

아이들을 교육하는 기관에서 학부모들과의 소통은 정말 중요하다. 가정과의 연계가 잘 이루어져야만 가고자하는 제대로 된 교육방법들이 한 방향으로 연결되기 때문이다. 난 누가 뭐래도 교육자라고 자부하며 지내왔다. 교육의 힘은 당장 보여줄 수 있는 것은 아니기에 부단한 노력과 연구가 있어야 한다. 그저 보여지는 형식에만 얽매이면 진짜를 잃어버린다. 코로나 시대에 모두들 힘겹게 살아가고 있는 요즘. 진짜 중요한 것들을 놓치고 살고 있는 듯하다. 마땅히 가르쳐야 할 것들도 세상 탓 하며 어쩔 수 없지 않느냐고 핑계대고 있지는 않는지. 아이들이 살아갈 세상을 물려줄 때 각자의 개성을 잃지 않으면서도 함께 어우러져 살 수 있는 방법을 가르쳐야 한다. 우리의 자녀들은 무엇을 배우고 있을까.

한 직장에서 22년간을 일해 오면서 다양한 사람들을 만났다. 좋은 사람을 통해서 힘든 난관도 잘 이겨냈고, 때로 상처를 받기도 하면서 성장했다. 도저히 이해하기 힘든 상황에서도 배울 점은 늘 있었다. 그것은 언제나 결과에 긍정을 덧입혀 생각하는 습관 덕분이었다.

좋지 않은 상황도 긍정적으로 해석했다. 좋은 생각 습관은 어떤 결과에도 좌절하지 않는 힘이 생긴다.

제3장

멈추면 새롭게 보이는 것들

1. 인정받으려는 욕구를 마주보다

인정받고 싶었다. 다른 사람의 인정을 받으면 내가 꽤 괜찮은 사람이라는 생각이 들었다. 흔히 말해 좋은 사람, 착한사람으로 잘 보이기 위한 노력을 했다. 인정의 욕구가 내 안에 강하게 자리 잡고 있다는 것을 사회생활의 커리어가 쌓이면서부터 알게 되었다. 어린 시절 항상 칭찬에 목말랐다. 매사에 칭찬받고 싶어하는 욕심쟁이였는지도 모르겠다. 나 자신을 좀 더 사랑해주고 귀기울여주지 못했다. 내 중심이 흔들리니 자꾸 남의 시선에 초점을 맞추는 사람이 되어가고 있었다.

다른 사람의 눈에 내가 어떻게 비춰질지 늘 신경쓰면서 살았다. 뭔가 갇혀있는 느낌이 들 때면 어김없이 변화하기 위해 노력했다. 기회가 될 때마다 리더십 교육이나 인문학강좌 및 여러 자기계발 강의를 들었다. 한 리더십 강의에서 자기 자신을 먼저 보듬어 주고 안아달라는 이야기를 들었다. 머리로는 이해가 되었지만, 뜻대로 되지 않았다. 나는 나 스스로를 어떻게 사랑해야 하는지 잘 몰랐다. 인정받지 못하거나 누군가에게 뒤처지거나 비교당하는 느낌을 받았을 때

견디지 못했다.

  1년여 간 리더십코스 강의를 들은 적이 있다. 1주일에 한번. 세 시간 수업을 듣기위해 기꺼이 하루를 투자했다. 광주에서 서울까지 버스로만 3시간 40분이 넘게 소요된다. 수업은 오후 2시부터 진행 되었지만, 터미널에 오고가는 시간 40분, 내려서 다시 강의장까지 이동하는 시간 왕복 한 시간, 도착하기 전 혼자 먹는 점심시간까지 온종일 하루시간이 다 채워졌다. '왜 이런 강의는 서울에서만 하는 걸까.' 지금은 KTX 열차로 두 시간이면 서울에 도착할 수 있지만 그 때는 무조건 고속버스를 이용해야만 했다. 다시 집으로 돌아와서 씻고 정리하고 나면 밤 11시가 넘었다. 그렇게 고된 하루였지만 목요 일이 기다려졌다. 변화된 삶을 살고 싶었기 때문에 그 시간이 내겐 간절했다. 강의내용은 듣기와 말하기를 다루는 과정이었다. 매주 과제가 있었다. 다음 주 수업에서 발표할 내용들을 미리 정리해서 메일로 보내야 하루가 마무리 되었다. 누구보다도 열정적이었고, 의욕이 앞섰던 때였다. 하루하루 성장해 가는 나 자신이 뿌듯했고, 배움을 통해 생각이 바뀌져 가는 듯 했다.

  10주과정이 끝나고 다시 심화과정을 이어 강의를 들었다. 3분에서 5분 정도 발표하는 것과는 다르게 주제를 정해서 한 시간 강의안을 만들어보는 과정이었다. PPT를 처음 만들어보았다. 말하고 싶은 단어를 연상케 하는 이미지를 찾고, 사람들이 보면 바로 매료될만한 그림과 자료들을 찾았다. 컴퓨터를 잘하지 못하는 나에겐 또 다른 도전이었다. 하다가 막막할 때는 어린이집에서 컴퓨터를 잘하는 선생님에게 부탁을 하기도 했다. 실전에 앞서 내가 하고자 하는 이야기들을 풀어나갈 원고를 써내려갔다. 한 시간 강의를 한다는 것이 여간 쉬운 일이 아님을 느꼈다. PPT 자료에 맞추어 원고자료도 미리 강사님께 보냈다. 다른 동료원장들은 보낸 자료에 대한 피드백을 받았다고 했다. 내 원고는 아무런 말이 없었다. '강의준비가 완벽하다는 뜻일까?' 드디어 결전의 시간. 함께 강의를 듣는 동료 원장들도 나처럼 긴장이 되었을까. 준비도 나름 많이 한다고 했지만 막상 한 시간 가까이 내 이야기를 전달해야 하는 일이 무섭게 다가왔다. '전문 강사도 아니고 이렇게 노력하면서 배우는 거지 뭐.' 나는 속으로 주문을 걸었다. 별거 아니라고 잘할 수 있다고 생각했다. 내 주제는 '경청'이었다. 경청을 잘하기 위한 방법들을 강의하는 내용이었다. 내 순서가 되어 막 첫 페이지를 설명하는데 "경청을 설명하는데 맞지 않는 그림을 가져 왔군요." 순간 나는 머릿속이 백지가 되었다. "아니 꼭 저런 콘셉트가 아니어도 설명할 수 있지 않을까요?" '아~ 이미 시작했으니 끝까지 보고 조언을 해주지.' 강사의 말 한마디에 온통 신경이 쓰였다. 도무지 집중을 할 수가 없었다. 그래도 정신을 바짝 차리고 준비한 내용을 최선을 다해 발표를 했다. 끝나고 내 자리에 앉는데 다리가 후들후들 떨렸다. 어떻게 했는지 기억도 안 나고 입이 바짝바짝 말랐다. 긴장을 많이 한 탓도 있었지만, 이미 내 마음속에서는 강사가 원망스러웠기에 기분이 언짢았다. 모두가 보는 가운데 시작 전부터 지적당했다는 생각에 자존심이 상했다. 다른 사람의 강의도 순서대로 진행이 되었다. 왠지 다들 나보다 훨씬 잘 준비한 것 같았다. 수강생들의 순서가 다 끝나고 강사의 피드백 시간이 돌아왔다.

한 사람 한 사람 피드백이 끝나고 나는 맨 마지막에 강의에 대한 평가를 해주셨다. 잘했다는 피드백을 받기에는 이미 실수를 한 것 같았지만 그래도 귀를 열어 들었다.

"원장님 솔직하게 말씀 드릴테니 상처받거나 속상해하지 마세요."

강사는 내 강의에 대한 전반적인 것을 다 세분화시켜 피드백을 했다. 그런데, 나를 더 성장시키기 위해 일부러 미리 제출한 과제에 대해 조언을 하지 않았다는 것이었다. 그 말을 들으니 더 화가 났다. '왜 나만 그렇게 일부러 골탕 먹이려고 했나? 미리 말을 해주고 했더라면 수정 보완했을 거 아냐.' 쉽게 받아들여지지 않았다. 늘 박수 받고 인정받기 위해 노력해 온 나로서는 이해할 수도 없고, 나를 성장시키기 위한 것이라는 말도 핑계로 들렸다. 철저히 뭉개져 버린 것만 같았다. 수업이 끝나고 광주로 오는 4시간 가까이 눈물이 멈추지 않았다. 그 눈물이 변화를 꿈꾸는 사람으로서 필요한 눈물이 아니었다. 반성의 눈물도 아니었다. 오직 인정받지 못했다는 생각에 억울한 눈물이었다. 눈이 퉁퉁 부어 도저히 출근을 하지 못할 것 같아 금요일

하루 결근을 했다. 마음이 힘드니 온몸이 무너져 내렸다. 숨을 쉬는 것조차 힘이 들었다. 그렇게 꼬박 하루 반나절을 우울감에 젖어 보냈다. 몸을 겨우 일으켜 세웠다. 거울을 보았다. 진짜 나를 만나는 짧은 시간. 그동안 남들의 칭찬이 오로지 나의 것이 아니었다는 것이 느껴졌다. 어쩌면 그 강사님이 나를 대신해 객관적으로 나의 내면을 들여다 볼 수 있도록 해주신 분이라는 생각이 들었다.

그 일이 계기가 되었다. 새벽같이 서울을 오가며 열심히 배운 과정 속에 무엇보다 나를 발견한 귀한 시간이었다고 기억된다. 다른 사람에게 평가 받는다는 자체가 누구에게나 두려울 수 있을 것이다. 그 두려움을 이겨내기 위한 노력도 내 몫이었다. 다른 사람의 인정은 칭찬을 전제로 한다. 내가 나를 인정하는 것은 완벽하지 않고 잘해내지 못한 내 모습까지 다 받아들여야 한다는 것을 알았다. 이 일로 인해서 인정의 욕구에 가려져 보이지 않았던 나를 발견하게 되었다. 나를 더 안아줄 수 있게 되었다. 너 자신을 먼저 제대로 볼 줄 아는 것. 그것이 첫 번째 넘어야 할 변화의 시작이라는 것을 배울 수 있었다.

2. 슈퍼우먼 콤플렉스는 이제 그만

평범한 주부로 살고 싶었다. 주부로 살았을 때는 내 가족만 챙기고 살면 되니까 힘든 일이 없었다. 주부가 아닌 커리어 우먼으로 사는 것은 힘들었다. 직장에서의 많은 일들을 감당해야 하고 책임감이라는 수식어를 달고 살아야 했기 때문이다. 어릴 적부터 꿈이 무엇이냐고 물으면 나는 '현모양처'라고 답하곤 했었다. 그런 내가 사회생활을 25년이라는 긴 시간동안 하게 될 줄은 상상도 못했다. 첫 아이를 낳고 돌이 될 때까지 육아에 전념하면서 딱 1년 동안을 주부로 살았다. 지금 생각해봐도 정말 귀하고 값진 시간이었다. 몸은 힘들었지만, 아이를 보고 있으면 미소가 저절로 입가에 머물렀다. 내 나이 스물여섯이었다. 엄마가 되기엔 사회의 경험도 부족하고 모든 것이 다 서툴렀다. 그리고 한창 예쁘게 나를 단장하고 싶은 나이이기도 했다. 아이를 낳고 두 달이 지났다. 결혼 전 입었던 옷을 꺼내 입어보니 옷이 맞지 않았다. 예전 몸으로 회복되려면 아직 시간이 필요했다. 3월에 아이를 출산하고 두 달 후. 어디론가 바람 쐬러 가고 싶고 따스한 봄을 느끼고 싶다는 생각도 들었다. 48시간도 넘게 진통을 겪고도 결국은 수술을 해야 하는 난산이었다. 몸도 마음도 많이 지쳐있었다. 내가 아이를 낳았다는 사실이 그저 신기하기만 했다. 얼굴도 퉁퉁 부어있고, 밥맛도 없었다. 아이가 사랑스럽고 예뻤지만, 막상 엄마가 되고나니 모든 게 두려웠다. 아이가 울면 배고픈지, 기저귀를 갈아주어야 하는지, 안아달라는 건지 잘 몰랐다. 모유를 수유해보려고 안간힘을 썼지만, 아이는 병원에서 먹었던 습관이 좀처럼 바뀌지지 않았다. 수술 후 제대로 앉아있기도 불편했기에 모유를 짜서 딱딱한 젖병에 물려 먹여서 그런 듯 했다. 엄마가 처음이니까 당연한 일이었다. 엄마가 된다는 것은 그 어떤 것보다 힘든 일이었다. 시어머님이 아이 키우는 것을 곁에서 많이 도와주셨지만 약간의 산후 우울증이 생겼다. 그래도 아이가 내 곁에서 '엄마 힘내요.' 하고 응원하는 것처럼 활짝 웃는 모습을 보면 그런 생각도 싹 사라졌다.

행복한 시간을 뒤로하고 나는 직장생활을 하기로 결심했다. 첫 아이 돌이 지나고 4월에 남편이 다니는 회사에 어린이집이 만들어진다는 소식을 듣고 이력서를 냈다. 면접을 보러 회사에 갔다. 집에서 버스를 타고 한 시간도 넘게 걸리는 거리였다. 면접에 합격하고 나서 내가 잘 해낼 수 있을까 고민도 했지만 시어머님이 아이를 봐주신다고 열심히 해보라고 하셔서 용기를 냈다. 사회생활은 만만치 않았다. 피아노 학원만 운영했던 나는 교사로서 경험이 없기도 했고, 해야 할 일들이 많았다. 더군다나 개원을 앞두고 있어서 준비할 일들은 산더미처럼 쌓여 끝도 없었다. 그래도 즐거웠다. 전공을 살려 의미있게 일을 할 수 있다는 것이 뿌듯했다. 시간이 지날수록 저녁 늦게까지 일을 할 때가 많았다. 저녁에 집에 들어가면 아이는 대부분 잠들어 있었다. 일과 육아를 병행한다는 것은 정말 쉽지 않은 일이었다. 일찍 집에 들어가는 날엔 아이랑 놀아주는 것을 먼저 했다. 아이를 씻기고 재우고 나면 밤 12시가 다 된다. 너무 피곤할 때는 아이가 좋아하는 동화책을 읽어주다가 스르륵 잠이 들기도 했다. 다음날은 어김없이 이른 아침부터 전쟁을 치러야 했다. 출근준비를 하면 벌써부터 알아차리고 엄마에게서 안 떨어지려고 떼를 쓰고 울어댔다. 출근길에 나는 아이가 못잊혀 눈물 훔치던 일이 다반사였다. 일이 있음도 감사했지만 이렇게 아이를 힘들게 하면서까지 내가 직장에 다니는 것이 무슨 의미가 있을까. 잠시 고민도 했지만 어린이집에 출근하면 교사로서 또 다른 엄마 역할을 해내야 하는 책임있는 슈퍼우먼으로 변신했다.

"엄마, 회사 안가면 안돼? 나도 엄마 따라갈래."

세 살이 된 아이가 울면서 졸라댔다.

"엄마 오늘은 일찍 올게 알았지? 잠 안자고 기다리고 있으면 맛있는 거 사가지고 올게."

바쁘게 일하는 엄마들이 대부분 그렇듯 나도 아이를 달래려고 지키지 못할 거짓약속을 숱하게 해야 했다. 돌아서서 멍하니 많은 생각에 잠겼다. '내 아이를 두고 다른 아이들 가르친다고 이게 뭐하는 짓인가' 포기하고 싶었다. 내 아이를 키우는 것이 훨씬 여러모로 안정적이지 않을까. 하루에도 수없이 많이 흔들렸다. 하지만 두 가지 일을 다 잘할 수는 없었다.

아이가 말을 듣지 않거나 너무 산만한 것 같으면 다 내 탓인 것만 같았다. 아이가 다니는 유치원에서 선생님이 전화가 오기만 해도 괜히 가슴이 두근거렸다. 별것 아닌 전달사항인데도 행여나 내가 신경을 못 써 줄까봐 조마조마했다. 그렇게 마음이 조급해질 때마다 이 고비도 넘어갈 수 있다고 믿고 기다렸다. 아이가 여섯 살이 되고나서부터는 엄마가 회사에 가야 된다는 것도 알고 제법 어른스럽게 엄마를 이해해주었다.

내가 맡은 반 아이들을 보면서 맞벌이 가정의 아이들에게는 유난히 더 관심이 갔다. 엄마들은 하나같이 나처럼 아이에게 미안해하고 일을 그만둬야할지 늘 걱정을 달고 교사인 나에게 고민을 털어놓기도 했다. 일을 하니까 아이에게 더 깊은 관심을 쏟지 못하는 것에 너무 미안하다고 하소연 하는 엄마들이 많았다. 우리 반 민수라는 아이가 자꾸 친구를 때리고 과격한 행동을 보일 때가 있어 민수엄마와 상담을 한 적이 있다.

"선생님 다 제 탓이네요. 제가 너무 바빠서 신경도 못써주고 집에 오면 혼내고 다그치기만 했어요."

"어머님, 우리 민수 잘하고 있어요. 어머님 탓이 아니에요. 지금 민수 나이의 발달시기엔 또래친구들과 활발히 놀고 적극적으로 상호작용을 하는 시기라서 지극히 자연스러운 현상입니다. 커가는 과정이니 염려마시고 아이와 많은 이야기 나눠 주세요."

'다 내 탓이다.'라고 여기는 엄마들을 안심시켰다. 하루 종일 아이와 놀아주고 같이 있어준다고 해서 좋은 엄마는 아니라는 것을 말씀드렸다. 대신 퇴근 후에 단 30분이라도 아이와 눈을 맞추고 맘껏 놀아주는 시간을 함께 하면 아이는 그것으로 엄마의 존재를 느끼고 마음이 편안해질 수 있다고 말씀드렸다. 엄마는 엄마가 공감해줄 수 있다. 내가 미리 경험했던 이야기를 들려주면 엄마들은 나를 더 믿고 신뢰했다. 아이에게 더 좋은 것을 주고 싶고 엄마로서 더 당당해지기 위해 선택한 일임에도 직장 맘들은 조금씩 콤플렉스가 있다. 자녀의 사소한 일이 있을 때 마다 '혹시 나 때문인가?' 하는 자책감이 그것이다.

사회초년생 엄마를 지켜본 두 아들은 지금 자신의 꿈을 향해 열심히 살아가는 의젓한 성인이 되었다. 그때의 위기를 잘 견디고 나니 엄마가 일하는 모습을 자랑스러워하고 기뻐해주었다. 모든 엄마는 슈퍼우먼이다. 특히, 일과 육아 두 가지 일을 병행하며 긴 시간을 잘 견뎌낸 엄마들은 가장 위대한 슈퍼엄마라고 생각한다. 아이는 부모의 뒷모습을 보고 자란다는 말이 있다. 열심히 사는 모습을 보여주는 것 자체가 살아있는 자녀교육이 아닐까?

3. 나를 리셋하자

전혀 다른 나로 살고 싶었다. 이대로 살다가는 내 인생이 망가질 것만 같았다. 하루하루 열심히 살고 있었지만 그럭저럭 대충 시간만 때우며 살고 있는 것처럼 느껴졌다. 누군가의 도움이 필요했다. 내가 교사들을 이끌어주고 조언해 주었던 것처럼 누군가 내게도 따뜻한 말 한마디 건네주면 좋겠다는 생각만 했다. 무엇을 하든지 최선을 다하고 사소한 것 하나하나 정성을 기울였던 나의 모습은 사라지고 있었다. 나름 자부심도 있고 열정 넘치던 내 모습은 어디로 갔을까. 전혀 다른 모습으로 살기위해서는 변화가 필요했고, 새로운 결단이 필요했다.

다람쥐 쳇바퀴 돌 듯 하루하루가 무의미하게 흘러갔다. 내가 무엇을 위해 이렇게 열심히 사는지 몰랐다. 새로운 조직에서 일을 시작한지 6개월. 그동안 내가 펼치고 소신껏 일해 왔던 환경과는 많이 다른 조직이었다. 누군가의 지시를 받아야 했고, 내 마음처럼 소통문화가 형성되지 못했다. 바쁘고 정신없는 하루하루가 지나갔다. 책 한줄 읽고 생각할 여유가 없었다. 더 오랜 적응이 필요한 걸까. 내가 할 수 있는 일을 찾아 마음을 다잡아야 했다. 나를 위한 쉼이 필요했다. 장거리 여행을 가면 휴게소도 들리고 맛있는 것도 먹고 스트레칭도 하고 다시 출발해야 한다. 그렇지 않으면 미련스럽게 엔진이 고장난지도 모른 채 위험한 여정을 해야 할지도 모른다. 나에게 쉼은 뭔가를 배우는 것이었다. 나를 다시 점검해 보고 싶은 마음이 간절했다. 의미 없게 지나가버린 시간들이 아쉽기만 했다.

함께 말하기 공부를 했던 심리연구소 임영란 소장님과 우연히 이야기를 나누면서 고민을 털어놓았다. 내 고민에 귀 기울여 주시던 소장님은 자기 자신을 정확히 알아보는 것이 먼저일 것 같다고 조언해 주면서 교육을 소개해 주셨다. '변화'의 삶을 살아보고 싶은 마음이 꿈틀거렸다. 2018년 8월 11일. 셀프리더십 비전 특강 1박 2일 과정에 참여했다. 교육 장소는 경기도 안산이었다. 꼬박 이틀 동안 강의를 들었다. 첫째 날은 내안의 진정한 나의 모습은 무엇인지 다양한 체크리스트 목록에 내가 꿈꿔왔던 생각들을 기록했다. 온전히 나자신 안으로 집중하는 시간이었다. 나의 기질에 대해 체크했다. 내가 가지고 태어난 기질은 직관적이며 감성적이고 자유로운 형태였다. 이상적인 것을 추구하는 사람으로 나타났다. 이상은 높지만 현실의 문턱에서 한계점을 뛰어넘지 못한다는 뜻일까? 나의 가치관은 무엇인지, 그동안 살아오면서 나만의 신념을 발견하게 한 사건들이 있다면 어떤 것인지, 나 스스로에게 다양한 질문을 하고 적어보는 의미 있는 시간이었다. 둘째 날은 자신이 이 세상에 품고 있는 비전과 꿈꾸는 세상에 대해 구체적으로 적어보고 발표해보는 시간을 가졌다. 그리고 가장 중요한 내안의 잠재력에 대해 알아보는 시간은 흥미진진했다. 나의 재능과 장점을 적어보았다. 함께 강의를 듣는 분들이 발표하는 것을 보고 서로의 장점을 적어주기도 했다. "의욕이 넘치고 삶을 대하는 태도가 진지하다."는 칭찬의 메시지를 보고 내가 그런 모습으로 비춰진다는 것이 놀라웠다. 아직은 열정이 살아있음을 느낄 수 있었다. 적극적으로 나를 알아가는 과정을 즐기고 있었던 것이다. 가슴 뛰는 삶을 살기 위해 내가 품고 있는 사명을 구체적으로 적고 선언문을 발표해보는 것으로 강의는 마무리되었다.

집에 돌아오는 시간 내내 가슴 뛰는 삶은 어떤 삶일까 생각해 보았다. 원하는 삶을 살기 위해서는 어떻게 행동해야 할까. 일단은 지금 처한 상황을 회피하지 않는 것. 내가 할 수 있는 일을 흰 백지 위에 구체적으로 적어보았다. 교사들과 학부모들을 위해 영향을 끼칠 수 있는 일을 떠올렸다. 교사교육과 부모교육으로 원의 이미지를 새롭게 하는 것. 그것이 내가 원하는 방향이고 교육이었다. 어린 아이들과 소통하며 가르치는 일을 교사들이 잘 해낼 수 있도록 동기부여를 해주는 것이 내가 할 수 있는 일이었다. 교사들이 밝고 즐거운 표정으로 하루를 보내면 아이들에게 좋은 영향을 끼치는 것은 당연한 일이다. 컴퓨터 앞에 앉았다. 교사들에게 어떤 말로 용기를 주고 사명을 나눌 수 있는지에 대해 고민하며 강의준비를 했다. 내가 배웠던 많은 교육을 접목시켰다. 4주 과정 프로그램을 짜 보았다. 교사라는 직업은 즐거움이 먼저라는 것을 인식하고, 그냥 설명하는 강의를 듣는 것이 아니라 직접 참여하고 몸을 움직이는 그런 수업들로 채웠다. 그 준비만으로도 그동안 힘든 마음들이 녹아내렸다. 내 안의 열정을 되찾았다. 내가 처음 교사가 되었을 때의 초심을 기억했다. 그 초심을 힘들어하고 있는 교사에게 전달한다는 것. 그것이 나의 사명이라는 생각이 들어 열심히 준비했다. 퇴근 후 두 시간 정도 교육이었다. 처음엔 낯설어하고 피곤해서 빨리 끝났으면 하던 교사들도 몸을 직접 움직이며 팀워크를 다지는 게임을 통해 즐겁게 참여해 주었다. 마지막 4주째 모든 교사에게 질문을 던졌다.

"나에게 유아교사란?"

각자가 떠올려지는 단어를 적게 했다. 교사마다 다른 단어들을 적었다. 자기의 감정을 적어보게 했더니 맡은 일을 하면서 느낀 점들을 동료교사들과 서로 공유했다. 교사로서 사명감과 책임감을 즐겁게 생각할 수 있도록 느끼게 해주고 싶었다. 가르치면서 배운다고 했던가. 교사들을 이끌면서 내가 더 많이 변화되고 배울 수 있었다.

셀프리더십 교육을 통해 나를 다시 일으켜 세웠다. 잃어버린 것 같은 열정을 다시 찾을 수 있었다. 객관적으로 나를 더 들여다보는 계기가 되었다. 새로운 일터를 수용하려는 마음보다는 환경 탓을 하면서 과거의 나에 붙잡혀 있었던 것이다. 감사한 시간이었다. 지금 내가 있는 곳이 아이들을 가르쳐온 보람과 사명을 수행할 수 있는 곳임을 기억하고 다시 시작했다. 내가 지금 할 수 있는 일! 나만의 장점을 살려서 모두를 이끌어 갈수 있는 힘! 그것은 바로 처음과 같은 열심의 마음이었다.

4. 일상에서 바라보는 나

　오늘도 어김없이 아침산책을 한다. 두 달 동안 빠짐없이 하고 있는 아침 일상이다. 여섯시 삼십분. 겨우겨우 눈은 떠졌지만 몸이 움직여지지 않는다. '일어날까? 조금만 더 누워있을까? 어제 늦게 잤으니까 조금만 더 잘까?' 일어나려는 의지와는 달리 머릿속에서 자꾸만 쉬라고 속삭이는 유혹이 들려온다: 어차피 한번 잠이 깨면 다시 잠들기 어려우니까 이불을 박차고 일어난다. 세수를 하고 운동할 수 있는 편한 복장으로 갈아입는다. 지금은 6월. 마스크를 쓰고, 이어폰을 귀에 꽂는다. 가벼운 운동화를 신고 현관문을 나서는 순간. '잠자리를 박차고 일어나 나오길 잘했다.' 나에게 칭찬의 말로 시작하는 하루가 조금은 어색하지만 지금 이 순간이 참 좋다. 날이 많이 더워졌다. 그래도 아직까지는 아침저녁으로 선선한 바람이 불어와 산책하기 좋은 날씨다. 어제는 비가 많이 내렸다. 하루 종일 굵고 가는 빗방울 소리에 귀가 호강했던 하루였다. 그래서인지 오늘 아침은 유난히 더 맑고 투명한 하늘을 볼 수 있었다. 더위에 지쳐있었을 나뭇잎들도 말끔하게 샤워를 하고 나니 기분이 좋은가보다. 반짝거리는 초록색 나뭇잎은 나에게 '안녕. 상쾌한 아침이야.' 하고 말을 걸어오는 듯 했다. 집 근처 미니 숲속에 갔다. 울창한 나무들이 빽빽이 심어져 있고 사람들이 운동할 수 있도록 바닥에 부드러운 트랙을 만들어 조성해 놓은 곳이다. 그곳을 걷다보면 나의 어린 시절이 자연스럽게 떠오른다.

초등학교 5학년 때 교원주택으로 이사를 왔다. 아빠는 고등학교 선생님이셨다. 그곳은 대부분 교사들이 모여살고 있는 겉모습이 비슷한 형태의 주택이었다. 지금 같으면 연립주택 또는 전원주택 형식의 집이었다고 보면 될듯하다. 겉모양은 다 비슷했다. 우리 집은 교원 주택 중에서도 가장 예쁜 정원이 있던 집이었다. 이사를 가기 전 온 가족이 새로 이사할 집을 둘러보러 갔다. 대문을 열고 들어가니 아저씨 두 분이 마당을 근사한 정원으로 다듬고 있었다. 잔디밭이 깔려있고, 디딤돌이 군데군데 박혀있다. 여러 그루의 나무를 심기 위해 흙과 큰 삽이 이곳저곳 흩어져 있었다. 아직 완성되지는 않았지만 기대되는 정원이었다. 나는 그때까지만 해도 모든 집이 다 그렇게 정원이 있는 집으로 가꾸어진 줄 알았다. 집안 내부도 살펴보았다. 우리들이 쓸 방은 큰 방을 가운데 문으로 닫아놓아 두 개의 방으로 쓸수 있었다. 아빠는 "여기는 한송이 네 방이야." 하고 말씀했다. 얼마나 신이 나고 기뻤던지. 얼굴에 환한 웃음을 감출수가 없었다. 지금 다니는 학교에서는 엄청 먼 거리였지만 그래도 내 방이 있는 새 집

으로 이사를 가는 것 자체가 행복했다. 두 달 후, 드디어 이사를 하게
되었다.

두 달 사이 정원은 더 멋진 모습으로 갖춰져 있었다. 집 앞 담벼락
에는 분홍색 작은 꽃 잔디가 살랑살랑 춤추며 반겨주었다. 여러 그루
의 나무도 제법 자리를 잡고 자라고 있었다. 엄마를 도와 우리가 정
리할 수 있는 짐들을 정리했다. 저녁 무렵, 엄마는 이사왔다고 옆집
앞집 건너편 집에 떡을 돌리셨다. 엄마를 따라 들어갔는데, 우리 집
처럼 똑같은 정원이 있을 것이라 생각했던 나는 놀랐다. 그냥 시멘트
마당이 전부였다. '어 이상하다. 우리 집은 정원이 가꾸어져 있는데.'
속으로만 생각하고 앞집에 갔는데 역시나 마당이 답답하고 좁게 느
껴졌다. 우리 집에 와보니 천국이 따로 없었다. 너무 궁금했다. 왜 우
리 집만 정원이 있는 건지.

"아빠 우리 집은 나무도 많고 잔디밭도 있는데 왜 다른 집은 없어
요?"

아빠는 말없이 웃기만 하셨다. 부모님은 참 부지런하셨다. 특히나
아빠는 자연을 가꾸고 나무 심는 일을 즐거워하셨다. 나중에 알고 보
니 이사 올 집을 몇 차례 오셔서 직접 정원을 만드셨다는 것이다. 비
슷한 집이지만 우리 집은 한 번에 찾을 수 있는 집이었다. 대문 담벼
락에서부터 꽃들이 반겨주고 담쟁이 넝쿨이 자라는 집.

돌아가신 아빠와 나는 누가 보아도 부러워할만한 부녀사이였다.

아빠는 내 손을 잡고 집 뒤쪽 작은 오솔길을 함께 걸었던 적이 많다. 아빠가 직접 지은 시 한편을 읊어 주시기도 했고, 노래를 흥얼거리기도 하셨다. 딸이 하나라고 이름도 한송이라고 지어주셨다. 미술을 전공하신 선생님이기도 했지만 낭만이 있고 멋을 아는 분이셨다. 남다른 감각을 지니셨기에 가족들을 위한 환경을 잘 다듬고 관리해주셨다. 여름이면 넓은 옥상에 올라가서 텐트를 쳐 주셨다. 우리 삼남매는 나란히 누워 하늘을 올려다보고 뭐가 그리 좋은지 하하 호호 웃으며 시간을 보냈다. 지금보다 공해가 없었던 그때엔 하늘엔 별이 선명하게 총총 떠 있었다. '저 별은 나의 별 저 별은 너의 별' 노래를 부르며 행복했던 시간이었다. 이사를 하고 난 뒤 초등학교 5학년이던 그때부터 결혼하기 전까지 그 집에서 살았다. 그 집에서 잘 가꾸어진 자연을 보면서 자랐다. 부모님처럼 나는 부지런하지도 않고 꽃을 정성스레 가꾼 적은 없지만 예쁜 사계절이 한눈에 다 보이는 집에서 자랐다. 더불어 나의 소녀감성은 그때부터 마음속에 심어졌다. 좋은 생각을 하고 예쁜 글을 써보고 노래를 불러보는 그런 나의 감성은 아빠로부터 받은 좋은 씨앗이었다.

아침 산책을 하면서 만나는 작은 숲속 풍경을 보면 돌아가신 아빠가 생각난다. 산과 바다를 좋아하셨던 아빠. 가족들이 사는 공간도 늘 자연을 접하게 해주셨던 아빠. 항상 식물을 잘 가꾸고 키우셨던 아빠가 그립다. 나는 아직까지도 식물 하나 제대로 키우지 못한다. 선물 받은 화분도 툭하면 시들어져 버리게 되곤 한다. 하지만 좋은 풍경을 만나면 어린 시절 아빠가 해주신 말씀이 생각난다. '마음을 넓고 크게 만들려면 시야가 크게 보이는 풍경을 자주보고 마음속에 담아야 한단다.' 그땐 그 말의 의미를 몰랐다. 나를 몰아붙이며 너무 완벽하게 노력하며 살아온 나에게 지금은 어느 때보다 중요한 시간이다. 아침마다 산책을 하며 나 자신과의 시간을 갖는다. 지금까지 잘 살아온 나에게 해주고 싶은 말은 '미래를 꿈꾸고 더 좋은 계획을 세워보자.'가 아니다. '넌 충분히 여유를 가질 자격이 있어. 조급하게 생각하지 말고 크게 보고 넓게 생각하자.' 이 마음을 되새기며 오늘도 가벼운 발걸음으로 걷는다.

5. 떠나보면 내가 보인다

오랫동안 몸담았던 직장에서 퇴사를 했다. 눈을 뜨면 자동으로 발길을 옮겼던 직장을 그만두게 되니 허전함은 말할 것도 없고, 뭐라 표현하지 못할 복잡한 감정이 들었다. 마음 편하게 쉰다는 생각이 들지 않았다. 평소에도 알람소리보다 먼저 깨어 하루를 시작했던 내 모습이 떠올랐다. 더 이상 출근을 하지 않아도 되었던 첫날. 자동으로 눈을 떴다. 화장을 하고 옷을 고르다가 '아참! 나 오늘부터 쉬지?' 피식 웃음이 나왔다. 꼭 해야 할 일을 미루고 있는 듯한 느낌마저 들었다. 3개월 전부터 마음의 준비를 하고 예정되었던 퇴직이었음에도 그냥 멍 했다. 밥을 먹어도 먹은 것 같지 않고, 시계만 바라보았다. 어린이집에서의 하루일과가 그려졌다. 그렇게 사흘을 보내고 집안 곳곳을 정리하기 시작했다. 하루는 서재, 그 다음날은 베란다 청소, 또 그 다음날은 주방청소. 종일 정리만 하고 있는 나를 보고 큰아들이 걱정되는 눈빛으로 말했다.

"엄마, 제발 좀 쉬세요!"

육아를 딱 1년 하고 바로 직장생활을 시작했다. 일이 좋았던 것도 있지만 완벽하게 일을 해야만 하는 성격 탓에 다른 사람보다 에너지가 더 쉽게 고갈되었다. 책임감과 성실성 이 두 가지를 가지고 일을 했다. 그런 내가 생각지도 못하게 쉬게 되니 허탈감과 억울한 감정이 몰려왔다. 주체할 수 없는 마음을 어떻게든 달래고 힘을 내야 했다. 쉬지 않고 일해 온 나를 위해 뭔가 라도 보상해주고 싶었다. 때마침 직업군인을 만나 결혼한 사촌동생 유경이가 연락이 왔다. 유경이가 살고 있는 곳은 경기도 파주인데 멀지 않은 경기도 연천에서 둘째아들이 군 생활을 하고 있었다. 아들 면회를 가면 여행을 다녀온 기분도 들 것 같았다. 아들에게 전화를 걸어 언제쯤 외박이 가능한지 먼저 확인해보라고 했다. 요즘은 군대가 좋아졌다. 매일매일 전화 통화를 할 수도 있고 꽤 자유로워졌다. 외박은 주말을 이용해서 해야 하기에 금요일 오후에 혼자 행신 행 KTX를 탔다. 4주 훈련을 마치고 퇴소식 할 때 가족끼리 간 후로 아들을 보러가니 들뜨고 설레었다. 혼자 기차 안에서 음악을 들으며 사색에 잠길 수 있는 것도 좋았다. 차창 밖으로 보이는 넓은 들판 곳곳에 눈이 쌓여 있다. 아직은 추운 겨울이다. 봄은 아직 다가올 기미가 전혀 없는 자연의 모습이었다. 파주에서도 조금 더 들어간 곳에 위치한 문산은 군부대가 많아서 그런지 더 추웠다. 행신에서 내려 지하철을 타고 문산역까지 갔다. 유경이가 역으로 마중을 나와 있었다. 띠 동갑 차이가 나는 동생이었지만 사촌동생들 중에 제일 말이 잘 통했다. 우리는 오랜만에 만나 이야기꽃을 피웠다. 날이 점점 추워지더니 눈이 내려 쌓이기 시작했다. 내일이면 차를 가지고 면회를 가야하는데 걱정이 앞섰다. 다음날 다행히도 해가 비추기 시작했다. 주소를 내비게이션에 찍고 가는데 끝도 없는 골짜기였다. '아 무슨 군대가 이렇게도 높은 골짜기에 있지?' 그야말로 깡촌이나 다름없었다. 산비탈길이 눈 때문에 얼어 있어서 유경이가 없었으면 나 혼자는 엄두도 못 낼 면회였다.

새카맣게 그을린 아들을 보았다. 군복을 입고 배낭을 메고 군화를 신고 나오는 둘째 민석이의 모습이 낯설기도 하고 더 어른스러워 진 듯 보였다. 보고만 있어도 배부르고 눈에 넣어도 안 아프다는 말이 생각났다. 왜 이렇게 눈물이 나는지. 바쁘게 일하면서 겨우 엄마로서 할 수 있는 최소한의 것만 챙겨줬는데 너무 잘 자라준 것 같아 대견하기도 하고 미안한 마음이 들었다. 특히나 둘째 녀석은 조용하고 착해서 나를 힘들게 한 기억이 거의 없다. 그래도 내가 엄마는 엄마인가보다. 잘해주지 못한 것만 생각이 나니 말이다. 1박 2일 외박 휴가라서 제한되는 것이 많았다. 군부대를 많이 벗어나면 안 되고, 수시로 부대연락을 받아야 했다. 사촌여동생 부부와 저녁을 먹고 이런저런 이야기를 나누었다. 밤늦게까지 아들과 손잡고 이야기를 나누었다. 물론 이야기의 대부분은 아들의 군생활이었다. 주로 부대에서 하는 일은 어떤 일인지, 무엇을 먹고 지내는지, 힘든 점은 없는지.. 궁금한 것들을 묻고 답하며 우린 한참동안 잠들지 못했다.

"민석아. 엄마 회사에서 너무 열심히 일했다고 쉬라고 하네. 이제 뭐하면서 시간 보내지?"

"엄마, 엄마는 좀 쉬어도 돼. 아침 일찍 나가서 저녁 늦게 퇴근하고 너무 바쁘게만 보냈잖아. 우선 운동을 하는 게 좋겠어. 걷기운동도 하고 근력운동도 열심히 하구. 알았지?"

둘째 녀석은 다 큰 어른처럼 나를 걱정했다. 한 번도 쉼 없이 달려온 엄마의 뒷모습을 봐서일까. 열심히 살아온 시간이 허투루 지나지 않은 것 같아 뿌듯했다.

다음날, 아들을 부대로 데려다 주고 나도 집으로 돌아오는 KTX에 몸을 실었다. 전화벨이 울렸다.

"원장님~ 잘 쉬고 계시죠? 다름이 아니고 유치원에서 원장을 채용한다는데 면접 가볼래요?"

"네? 유치원이요? 글쎄요 한번 생각해보고 연락드릴게요."

쉬고 있다는 것을 아는 지인 원장님의 전화였다. 그저 웃음만 나왔다. 난 쉬지 말고 일하라는 뜻인가 싶어서 쓴웃음이 지어졌다. 다시 일할 기회가 주어지는 것 같아 기분이 좋기도 했지만, 한편으로는 충분한 휴식기를 갖고 싶어서 망설여졌다. 새롭게 시작한다는 것에 두려운 마음은 없었다. 이런저런 생각에 뭔가 운명적으로 느껴지기도 했다. 며칠 후 나는 소개해준 원장님과 함께 유치원에 갔다. 채 1주일도 안되어 새로운 일터에서 일을 시작했다. 나는 일을 할 때 에너지가 샘솟는다는 것을 알았다. 쉬어본 경험이 없어서 그럴지도 모르겠다. 일은 '또 하나의 나'였음을 알게 되었다.

집에서 출근을 하고 퇴근을 해서 다시 집으로 돌아오는 일상을 대한민국 모든 직장인들은 하고 산다. 나 또한 그렇게 바쁘게 열심히 살았다. 취미생활도 없었고, 멀리 여행을 가본 기억도 별로 없이 살았다. 틈틈이 좋아하는 것을 찾아 나선 기억도 없다. 왜 그렇게 살았을까 후회가 되었다. 나는 성격상 두 가지 일을 동시에 하는 것이 어렵다. 특히 직장생활은 당연히 그렇게 올인 하고 몰입하지 않으면 안 된다는 태도로 열심이었다. 최선을 다하고 달려온 나의 인생이 삶의 도구가 되었다. 내가 할 수 있는 일이 있음에 감사했고, 오랜 직장을 뒤로하고 나온 허탈함을 다시 일로 채울 수 있음도 감사했다. 아이들의 웃음소리에 에너지를 얻었던 나는 다시 새 마음으로 파이팅을 외쳐본다.

6. 전설의 총무님

"원장님 오늘 제 이야기 좀 들어줄 수 있으세요? 너무 답답한 일이 있어서요. 어떻게 해결해야 할까요."

나와 8년을 함께 일했던 교사였다. 평소에 조용하면서도 야무지게 일을 잘했던 친구다. 성격이 깔끔했고 입도 무거워서 힘든 일 내색하지 않던 선생님인데 무슨 일이 있는 걸까. 걱정이 되었다. 그날따라 중요한 약속이 있어서 막 집에서 나가고 있었을 때였다. 목소리가 심상치 않게 느껴져 약속을 다음날로 미루고 양해를 구했다. 집근처 카페에서 만났다. 두 시간 가까이 진지한 이야기가 오고갔다.

"원장님 학부모님과의 상담이 너무 어려워요. 오늘 우리 반 아이 한명이 과격하게 장난하고 놀이 활동을 하더라고요. 친구가 조금 다치기도 했어요. 그래서 어머님이랑 전화 상담을 했거든요. 제가 오늘 있었던 일을 이야기했을 뿐인데 뭐가 서운하셨는지 전화를 끊어버리고 다시해도 안 받으시네요."

나는 자세히 듣고 구체적으로 어떤 일이 있었고, 어떻게 상담을 했는지 메모를 해가면서 들었다. 선생님이 딱히 잘못한 일은 없었다.

하지만 모든 부모는 자식에 대한 칭찬만 기억하고 싶어한다. 그런 면에서 선생님에게 부모의 심리상 서운한 감정이 있을 수 있는 거라고 말해주었다. 그리고 선생님이 문자라도 따뜻하게 보내드리면 서운한 마음 다 사라질 거라고 먼저 연락을 드리라고 조언해줬다.

"이상하게 원장님께 말씀드리고 나면 답답함이 해소가 되는 것 같아요. 어머님 마음 풀어드려야겠네요. 말씀드리길 잘했네요. 감사합니다."

선생님과 대화를 하고 나니 그동안 많은 문제를 해결해왔던 나의 방식들이 떠올랐다.

나는 상대방의 부탁을 쉽게 거절하지 못하는 단점이 있다. 내가 중요한 일을 하고 있음에도 상대방에게 그 말을 쉽게 전하지 못할 때가 많다. 그리고 혼자 있을 때 돌아서서 후회를 하곤 했다. 내가 불편을 감수하고도 상대를 배려하고 살피고 보듬어 주어야만 된다고 생각했다. 내 마음을 가만히 들여다보았다. 다른 사람한테 좋은 사람으로 보이길 바라는 일종의 "착한사람 콤플렉스"가 있었던 것은 아닐까?

대학원을 다닐 때의 일이다. 원 운영을 하면서 공부하고 배우고 또 가르치며 열심히 사는 원장님들을 자주 봐왔다. 남들에게 보이기 위해 학위를 갖추려고 공부하는 사람도 있었고, 진심으로 공부를 하고 싶어 석사학위에 도전하는 사람도 있었다. 너도 나도 앞 다투어 대학원을 진학했을 때에도 나는 내가 장으로 있는 원 운영이 먼저였다. 이것저것 신경 쓸 때가 많아지면 마음이 급해지고 실수가 있을 것 같아서였다. 그런데 마흔 중반이 되기 전에 생각이 바뀌었다. 적어도 내가 하고 있는 유아교육이라는 '업'에 대한 최소한의 예의를 갖춰야 한다는 생각이 들었다. 좀 더 전문적인 지식을 배워야 하지 않을까? 대학원 입학을 결정했다. 퇴근 후 저녁에 대학원을 갔다.

1주일에 두 번. 화요일과 목요일 오후 여섯시 삼십분부터 밤 열시까지 수업을 들었다. 대부분 직장에 다니면서 공부하는 원장들이었다. 쉬면서 공부하는 사람도 있었다. 담당교수님이 총무를 각 기수에 뽑아야 한다고 하셨다. 총무를 통해 과제나 학교의 특별한 사항들을 전달해야 하는 거니 꼭 의논을 잘 해서 대표를 뽑아달라고 하셨다. 수업을 들은 지 딱 이틀만이다. 자기소개를 하고 간단한 오리엔테이션을 마치고 총무를 뽑는다고 옹기종기 모여 앉았다. 선배가 나를 지목하면서 별거 없으니 편하게 맡아달라고 부탁했다. 다들 못하겠다고 손사래를 치는데 거절할 수가 없었다. 대학원 총무가 어떤 일을 하는지도 모른 채 엉겁결에 맡게 되었다. 수업 변경사항이나 교수님들의 일정 등을 학생들에게 알려주는 것이 기본이었다. 딱히 어렵지도 않겠다 싶었다. 그런데, 다 큰 성인이어도 학생이 되면 어린아이가 되나보다. 자기가 맡은 발표순서인데도 바쁘다는 핑계로 해오지도 않고 말도 없이 결석을 하기도 했다. 결국 정리가 필요했다. 학생들의 연락처를 만들고 요일별로 듣는 강의와 발표 순서를 깔끔하게 적어서 나눠주었다. 발표를 미뤄야 할 급한 일이 생기면 반드시 총무인 나에게 연락줄 것을 강조했다. 나는 타고난 성격이 뒷소리를 듣기 싫어하는 성향이다. 그래서 여럿이 하는 일은 더더욱 완벽하게 체크를 했다. '뭐야 대학원 와서까지 뒤치다꺼리를 해야 하나?' 속으로 불평만 가득할 무렵 학교의 큰 행사가 열렸다. 선배들이 논문 내용을 마무리하고 나면 교수님들 앞에서 발표를 하는 시간이 있다. 그 시간은 후배들도 함께 듣고 배운다. 선후배가 모이는 자리에 간단한 다과를 대부분 내가 주도적으로 도맡아 준비했다. 오죽하면 늘 학교일로 바쁜 나를 보고 원감선생님은 이렇게 말했다.

"원장님은 대학원 공부보다 총무 일이 많으신 것 같아요. 어휴, 저는 대학원 못가겠네요."

졸업을 하고 난 뒤 후배들이 붙여준 별명이 있다.

"전설의 총무님"

거절하지 못하고 조금은 완벽하게 일처리를 하려는 성격 탓에 항상 나보다는 상대방이 먼저였다.

'왜 내가 또 이 일을 혼자 하고 있지?' 속으로 불평할 때도 많았다. 한번 맡은 일인데 싫은 내색하며 징징거릴 수도 없었다. 다른 사람의 부탁은 잘도 들어주면서 나는 다른 이들이 불편할까봐 가급적 부탁을 하지 않는 편이다. 그럼에도 불구하고 나의 성실함과 책임감이 남

다른 장점이라는 것을 알게 되었다. 타고난 성향이기도 하지만 항상 다른 사람과 협력하고 소통하기 위해 애썼다. 내가 좀 손해본다는 생각으로 매사 임하는 것만큼은 진심이었다. 이젠 그런 단점이 장점이 되었다. 많은 사람들을 배려하고 들어주는 역할을 하는 사람으로 더 큰 장점이 될 수도 있다는 것을 알았다. 어렵고 힘든 일을 의논하고 싶을 때 나를 찾아주는 사람들이 있다는 것이 뿌듯했다. 이제 단점으로 생각하지 않고 나의 멋진 장점이라고 자부한다.

세상에 완벽하게 장점만 가지고 사는 사람은 없다. 부탁을 거절하지 못한다는 단점이 이제는 사람을 대하는 폭이 넓어질 수 있었다. 당장 해결해줄 수는 없었지만 나와 이야기하면 사람들은 편안함을 느꼈다. 내가 누군가에게 도움이 된다는 사실은 엄청 기분 좋은 일이었다. 내 시간을 할애하는 만큼 누군가를 진심으로 이끌어 줄 수 있는 사람이 되었다. 무엇이든 생각하기 나름 아닐까? 결국 나를 희생했다고 느꼈던 그 일로 많은 사람과의 관계를 잘하는 사람이 되었다. 나는 이제 누구도 갖지 못한 좋은 장점 하나가 더 생겼다고 생각한다. 다른 사람을 위해 잠시 시간을 내어주고 힘든 일을 책임껏 맡는다는 것. 그것은 세상 살면서 훨씬 많은 이로움을 준다는 것을 이젠 안다.

7. 모든 것을 잠시 내려놓는 순간

"검사결과가 별로 좋지 않아요. 혹시 모르니까 소견서 써 드릴테니 큰 병원 한번 가보세요."

"네? 지난번엔 괜찮다고 하셨잖아요."

그저 눈만 휘둥그레졌다.

"짧은 시간 안에 다발성으로 혹이 많이 생겼어요. 일단 정확한 검진이 필요합니다. 가족력을 그냥 지나쳐서는 안 됩니다."

산부인과 검진결과를 확인하러 갔는데 청천벽력 같은 말을 들었다. 집에 돌아오는 내내 두려운 생각이 가득했다. '내 몸이 이렇게 망가지나? 혹시나 암이라고 하면 어쩌지? 나이가 오십이 넘어지니 몸에 이상증후군이 생긴 건가.' 부정적인 생각들로 머릿속이 복잡했다. 갑자기 자궁과 난소에 혹이 여러 개가 발견되었다는 진단이었다. 지난날의 악몽이 떠오르는 것 같아 무섭고 떨렸다.

엄마는 55세의 나이를 넘기지 못하고 돌아가셨다. 난소암 말기. 얼마나 끔찍한 투병생활을 하시다가 돌아가셨는지 마지막 모습이 아직도 눈에 선하다. 그래도 나는 일부러 '암'이라는 공포를 내 몸에 대입시키지는 않았다. 안 좋은 생각들이 모여 결국 병이 될 수 있다는 생각에 의도적으로 잊고 살았었다. 잊을 만하면 주위 지인들이 덜컥 겁을 주곤 했다. "너는 엄마의 가족력이 있을 수 있으니 꼼꼼하게 검진해보고 꼭 미리미리 병원 가야해 알았지?" 특히나 엄마의 투병 生活을 지켜주었던 이모들의 걱정스러운 말이었다. 최근 약한 체력이 더 약해져서 자주 피곤하긴 했었다. 그래도 그저 내 나이에 찾아오는 갱년기 증상이겠거니 하고 넘겼었는데. 일단 정확한 조직검사를 해야 하는 것이 먼저였다. 아파도 개의치 않고 의연하게 잘 버티고 살아왔지만, 지금은 내 몸에 초점을 맞춰야 했다. 가장 중요한 것이 '건강'이라고 사람들이 입버릇처럼 말할 때는 잘 몰랐다. 그 말을 잊지 않기 위한 결단을 내려야했다.

작년 7월말. 뜨거운 여름에 사흘 동안 복통을 앓았다. 그저 생리통인줄만 알고 약을 처방 받고 주사를 맞아도 낫지 않았다. 복통은 시간이 갈수록 점점 심해졌다. 아무리 생각해도 생리통은 아닌 것 같았다. 창자가 꼬이는 듯한 통증은 계속되고 배 전체가 쥐어짜듯이 아팠다. 몸이 으슬으슬 추웠다. 한 여름이었는데도 한기가 들었다. 결국 응급실로 향했다. 늦은 새벽이어서 겨우 진통제만 맞고 입원수속을 밟았다. 응급실 주치의는 아마 맹장염일 가능성이 높은 것 같다며 다음날 정확한 검사를 해보자고 했다. 하루아침에 환자신세로 누워 있으니 헛웃음까지 나왔다. 둘째아들이 보호자로 자청하고 내 곁에서 쪽잠을 잤다. 수술을 해야 할지도 모른다는 생각에 겁이 나고 잠이 오지 않았다. 다음날 아침 간호사의 지시대로 외래로 가서 검사를 받았다. 피검사부터 소변검사 복부초음파… 무슨 검사가 그렇게 많은지 오전 내내 기다리고 검사하는데 시간이 다 갔다. 드디어 의사와 면담을 했다. 결과는 담낭에 염증이 심하다는 것이었다. 담낭은 쓸개와 같은 말이다. 병명은 "급성 담낭염"이었다. 마취를 하고 또 수술을 해야 한다는 사실에 힘이 빠졌다.

"선생님 그런데 가급적 약으로 처방해주시면 안될까요? 제가 일도 하고 있고, 갑자기 휴가내기도 그래서요."

의사선생님은 놀란 눈으로 나를 바라봤다.

"이렇게 심한 염증이 있는 건 무조건 수술로 제거해야 합니다. 요즘은 복강경으로 수술을 쉽게 하니까 너무 겁먹지 마시고 수술 스케줄 잡겠습니다."

아예 반박의 여지가 없게 딱 잘라 말했다. 그리고 한마디 더 덧붙였다.

"환자분의 건강이 가장 중요합니다. 스트레스를 많이 받으면 급성으로 이렇게 염증이 번지기도 합니다. 큰 수술 아니니 편하게 생각하세요."

수술은 오후 2시 반부터 준비했다. 물론 금식이었다. 아이를 낳을 때 제왕절개로 고생을 해서 수술만은 피하고 싶었는데 어쩔 수 없었다. 복강경 수술인데 왜 코에다 호스를 집어넣는지. 두꺼운 호스 줄을 꿀꺽꿀꺽 삼키는데 정말 죽을 맛이었다. 그렇게 준비를 하고 수술실에 들어갔다. 수술실로 들어가는데 남편의 목소리가 희미하게 들렸다.

"잘하고 와."

간단한 수술이라는 의사의 말을 철석같이 믿었다. 하지만 내 수술시간은 예상외로 오래 걸렸다. 길어봐야 한 시간 남짓이면 되는데 네 시간 가까이 걸렸다. 마취가 깨고 남편이 수술경과에 대해 말해주었다. 수술 중간에 보호자를 불렀다고 했다. 담낭 옆에 맹장도 염증이 심해 또다시 복통이 생길 수 있어서 맹장까지 제거하게 되었다고. '마른하늘에 날벼락'이라는 말이 저절로 떠올랐다. 하룻밤 사이에 장기를 두 개나 떼어내다니. 금식에 계속되는 항생제 투여를 하니 어지러웠다. 수술 다음날 오전. 회진 온 담당의가 수술 부위소독을 해주러 왔다. 배 위에 다섯 군데나 수술자국이 있었다. 깊은 한숨만 나왔다.

서울 종합병원에 검진예약을 했다. 당장 바로 검진을 받고 싶은데 워낙 많은 사람들이 예약을 해두었기에 내 맘처럼 되지 않았다. 가장 빠른 날짜가 3주 후였다. 남편 친구 중 서울에서 병원을 운영하고 있는 의사가 있기에 이것저것 물어보았다. 일단 검진이 먼저니까 예약을 해놓고 마음을 편히 먹으라고 했다. 검진하고 결과를 알기 전까지 초조하고 불안했다. 그냥 잠시 쉬는 것이 해결되지 않을 것 같았다. 무엇보다 잠을 못자고 쓸데없는 걱정과 생각까지 내 발목을 잡았다. 정신적으로 더 피폐해지는 듯 했다. 지난 여름 담낭수술을 하고 퇴원 후, 하루도 쉬지 못하고 출근했던 기억이 스쳐지나갔다. 무엇이 가장 중요한 지를 체험하게 되었다. 책임감 때문에 버티다가 결국 몸이 망가진 것이다. 이러다가 진짜 내 건강을 다 잃어버릴 수 있겠다는 생각이 들어 유치원에 양해를 구하고 과감하게 사직서를 냈다.

우여곡절 끝에 다행히 검사결과는 나쁘지 않았다. 간단한 시술로 몸을 힘들게 했던 큰 혹을 제거했다. 다발성 혹은 스트레스로 인해 생기기도 한다고 했다. 평소에 '스트레스'라는 말 자체를 하지 않으려 애써왔다. 그 말이 습관이 되면 오히려 더 스트레스를 받을 것 같다는 생각때문이었다. 그런데 스트레스가 내 몸에 쌓이고 쌓여 혹이 생겨나는 것을 알고 나니 무서웠다. 결국 다 내려놓고 쉼을 선택했다. 몸도 마음도 위기신호가 있게 마련이다. 멈춰야 할 때를 아는 것. 그때를 알아차리는 것이 나를 사랑하는 방법이라는 것을 온 몸으로 실감했다. 의사의 말 한마디는 정말 중요하다. 만약 대수롭지 않게 말했더라면 나는 아직도 일에 빠져 허우적대며 내 몸을 돌보지 않았을지 모른다.

제4장

상처가 힘이 되는 순간도 있다

1. 살면서 가장 중요한 것

동네 앞 마트 주변에는 1주일에 한번 장이 선다. 생선이나 과일 등 여러가지 찬거리가 가득했다. 저녁 때가 되면 장이 서는 길가에 주부들의 발걸음도 바빠진다. 과일을 파는 곳에서 발그레한 색을 띤 홍시가 먹음직스럽게 나를 바라본다. '아, 홍시. 어머님이 가장 좋아하시던 과일인데.' 나는 그다지 즐겨 먹지는 않지만 홍시를 한 봉지 사서 집으로 들어왔다. 잘 익은 홍시 하나를 반으로 나누어 숟가락으로 떠 먹으려는데 나도 모르게 눈물이 앞을 가린다. 돌아가신 어머님이 너무도 그립다.

큰 아이를 출산하고 몸도 마음도 많이 지쳐 있었다. 난산을 한 것도 있었지만 친정엄마의 암 투병을 지켜보느라 온 신경이 곤두세워지고 근심이 가득했다. 서울 암센터 병원에서 엄마의 간병을 전담한 것은 쌍둥이 동생이었다. 그저 미안해하고 걱정만 했다. 산후조리를 맘편히 할 수 없었다. 그때마다 어머님은 살뜰히 나를 보살펴 주셨다.

"잘 먹어야 힘내서 엄마 한번이라도 보고 오지. 어서 몸 추스르자."

밥도 못 먹고 툭하면 울기만 했던 어린 며느리가 안쓰러워 어찌할 줄 모르셨다. 기력회복에 좋다는 가물치도 직접 사다 몇 시간 군불을 때어 먹게 하시고, 산모가 먹으면 좋은 음식들을 정성스럽게 해주셨다. 괜히 죄송스러웠지만 시어머님이라고 해서 불편한 마음은 없었다. 그만큼 어머님은 딸처럼 따뜻하게 나를 챙겨주셨다. 어머님은 모든 사람에게 한결같은 성품으로 인자하셨다. 늘 부지런하셨고, 그저 자식들 건강하게 잘 살기만을 바라고 또 바라는 어머니였다.

둘째를 출산하고 나서도 두 달 동안 산후 조리도 제대로 하지 못한 채 바로 직장생활을 이어갔다. 어머님이 아이를 돌봐주셨기에 교사의 역할에 최선을 다할 수 있었다. 일이 있는데 놔두고 퇴근을 한 적은 거의 없었다. 환경구성이나 아이들 수업준비를 미리 준비해놓고 가야 마음이 편했다. 무엇보다 가정을 갖고 있다고 해서 대충 일한다는 뒷소리를 듣기 싫었다. 늘 일찍 출근하고 늦게 퇴근했다. 새로 들어온 신입 교사에게도 모범을 보이고 싶었다. 주인의식을 갖고 매사에 임하다보니 항상 가정보다 일이 먼저였다. 아이들은 어머님 집에서 나를 기다리다 지쳐 잠들어 있곤 했다. 그럴 때마다 나이가 연로하신 어머님께 죄송한 마음이 들었지만, 그렇다고 일을 두고 올 수는 없었다. 내가 교사로 재직했을 당시에는 하루업무를 다 마치고 저녁시간에 교육을 받아야 하는 경우가 종종 있었다. 교사의 마음을 읽어주는 마인드 교육부터 아이들 교육을 직접 지도하는 프로그램 교육, 율동지도교육 등 다양한 교육이었다. 나는 의무적인 교육은 물론이고 아이들과 또 교사인 나 자신에게 유익이 되는 교육은 빠지지 않고 다 받았다.

그날도 교육이 있었다. 미리 어머님께 늦을 것 같다고 말씀드렸다. 그런데 갑자기 교육이 취소되었다. 이왕 이렇게 된 거 나는 마음 맞는 교사들과 함께 모처럼 시간을 보내야겠다고 생각했다. 시내에 가서 자주 가던 문구점에 들렀다. 아이들 수업에 필요한 재료들을 샀다. 예쁜 엽서도 사고 환경구성 할 소품들도 샀다. 그리고 맛있는 저녁을 먹고 카페에 가서 이런저런 수다를 떨었다. 각자 자기반 아이들 특징을 이야기 할 때마다 서로 웃었다. 오늘 어떤 일이 있었는지 말썽꾸러기들 이야기에 시간 가는 줄 몰랐다. 나이와 경력이 나보다 아래 교사였기에 여러 가지 애로사항에 대해 들어주고 조언을 해주기도 했다. 이야기하다보니 시간은 저녁 아홉시가 훌쩍 넘어가고 있었다. 아이쿠, 그때서야 정신을 차리고 집을 향했다. 일을 마치고 깜깜해진 밤에 들어갈 때에는 늘 죄송스러운 마음이 앞섰다. '오늘도 아이들 보시느라 얼마나 힘이 드셨을까.' 그 마음부터 들었다. 그날은 더군다나 교육도 없었는데 놀고 들어가니 괜히 눈치가 보였다. 어머님은 나를 보자마자 내 손을 붙잡고 말씀하셨다.

"아이고 세상에 이 시간까지 밥은 먹고 일하냐."

어쩌면 어머님은 진짜 천사가 아닐까 생각했다. 눈물이 쏟아졌다. 수다 떨고 신나게 놀고 온 며느리인줄도 모르고 그렇게 따뜻한 말로 나를 감싸주시다니. 귀가가 늦은 며느리 한번쯤은 면박을 주실 법도 한데 한 번도 그런 적이 없으셨다. 언제나 "몸도 약한데 네가 고생이 많구나. 몸도 잘 돌봐가며 일해라."고 말씀해 주셨다. 세 살, 한 살 배기 두 아들은 곤히 잠들어 있었다. 우리 집은 어머님 집과 아주 가까운 곳이어서 아이가 잠들면 나는 편히 가서 자고 출근을 한다. 참 무슨 호강이었을까.

나이가 지긋하셨지만 나는 어머님과 지내는 것이 전혀 거리낌이 없었다. 어머님과 같이 목욕탕에 가서 때도 밀어드리고 시장에 가서 장도 같이 보고. 그런 소소한 일상이 즐거웠다. 시장에 가면 상인들은 나와 어머님을 보고 "아이고 손녀딸이랑 장보러 나오셨어?" 이렇게 말들을 하곤 했다. 어머님은 그런 말이 싫지 않으신 눈치였다. "무슨 손녀딸이여 우리 막내며느리 예쁘지?"하고 말씀하시고는 활짝 웃으셨다.

내가 슈퍼우먼으로 지금껏 열심히 살아올 수 있었던 것은 든든한 버팀목이 있었기 때문이었다. 육아를 전적으로 맡아주셨고, 마음 편히 일할 수 있도록 살피고 지원군이 되어주셨던 시어머님. 한평생 가족을 위해 희생하고 아낌없이 큰 사랑을 내어주셨던 어머님이 오늘따라 많이 보고 싶고 그립다.

돌아가신지 벌써 8년이 지났지만, 어머님이 해주신 저 말 한마디가 있기에 지금까지도 힘을 낼 수 있다. 늦은 퇴근시간. 밥 한 숟가락 입에 넣으면 항상 생각나는 말. 어머님이 곁에서 지켜보고 계신 듯하다. 따뜻한 말 한마디는 사람의 마음을 움직이는 강력한 에너지가 된다.

그리운 나의 어머니! 사랑합니다.

2. 좋아하는 일에 에너지를 쏟자

2015년에 첫 책을 출간했다. 그 후로 계속해서 글을 쓰고 책을 펴낼 수 있을 줄 알았다. 그런데 책 한권으로 모든 글을 다 쓴 것처럼 노력하지 않았다. 하지만 내가 글쓰기를 좋아하는 것만큼은 확실히 알게 되었던 시간들이다. 잘 쓰는 것보다 더 중요한 것은 내가 글을 쓰는 것 자체를 즐긴다는 사실이었다. 벌써 6년이나 흘렀지만 다시 내 마음을 써 내려가 보고 싶다는 욕구가 생겼다. 그렇다면 내가 할 수 있는 일은 글을 일단 쓰는 것이었다. 무슨 일이든 꾸준히 한다는 것이 쉽지 않다. 어쩌다 띄엄띄엄 쓰다 말다를 반복하다보면 돌아서서 후회되고 힘들었다. 매일매일 꾸준히 빼놓지 않고 글을 쓰면 차분해지고 마음이 정화되는 것 같아 좋았다. 그 좋은 감정을 계속 유지하기 위해서는 전문가의 도움이 필요했다. 독서를 통해 글을 쓰고 책을 펴서 인생역전을 한 고수가 있다. '자이언트 북 컨설팅'을 운영하는 이은대 작가다. 사회에서 만난 사람들 중 살갑게 나를 안아주는 분이 있다. 울산의 정영혜 원장님 그리고 책을 펴내신 작가다. "글쓰기 공부도 배우지만 인생도 배우게 될 거야." 하면서 적극적으로 글쓰기 수업을 추천하셨다. 내가 좋아하는 글쓰기를 다시 만나 몰입할 생각을 하니 가슴이 뛰기 시작했다.

글쓰기 수업을 듣기 시작했다. 첫 수업을 들었을 때 뭐라 설명할 수 없는 감정이 막 솟구쳐 올라왔다. '아 이게 뭐지? 단순히 글을 어떻게 쓸까 어떻게 하면 글을 잘 쓸까' 이런 마음만을 가지고 들었는데 완전히 다른 관점으로 글쓰기를 설명해주셨다. 너무 재미있었고 온몸에 짜릿한 전율이 일어났다. 수업을 듣는 내내 옳다 맞장구치며 나도 할 수 있다고 큰소리로 외쳤다. 하지만 잘 쓰고 싶은 마음이 가득해서인지 꾸준한 글쓰기가 되지 않았다. 아마 내 마음 깊은 곳에 조급함과 욕심이라는 보이지 않는 감정이 나를 옭아매고 있었을 터다. 작가님은 독서와 글쓰기를 병행해야 글 실력이 향상된다고 말씀하셨다. '한 꼭지 쓰기도 힘든데 어떻게 독서와 병행을 하지? 독서할 시간이 어디 있어? 난 빨리 목차에 맞는 글 써서 책 내기 바쁜데' 해보지도 않고 속으로 무지한 생각을 했다. 그동안 써놓은 글감이 전혀 없으니 아무리 자판을 두드려도 생각이 나지 않았다. 글을 쓰려고 앉으면 그저 막막하기만 했다. 큰소리 뻥뻥치던 내 모습이 한없이 부끄러웠다. '아 나는 결국 이렇게 또 한숨 쉬고 다른 사람들 글만 부러워하며 하루를 보내고 있구나.' 하는 생각에 포기하고 싶어졌다. 성공하고 싶다면 이미 성공한 사람처럼 행동하고 노력하라는 말이 있다. 분명 멋진 말인데 나는 왜 결단하지 못하고 주저하고만 있을까. 나 자신의 마음을 좀 더 들여다보기 시작했다. '글감이 없고, 글재주도 없고, 나는 다른 사람처럼 속도도 느리고…' 온통 쓰지 못할 핑계만 늘어놓았다. 책은 내고 싶다고 하면서도 내 글은 형편없게 느껴지고 도무지 자신이 없었다. 그것은 다름 아닌 두려움. 노력해보지도 않고 내안의 감정에 갇혀 머리만 쥐어뜯고 있는 나를 객관적으로 보기 시작했다. 꾸준히 수업을 들으면서 그런 속상한 마음도 사라졌다. 나를 더 사랑해주고 쓰지 않는 나조차 보듬어 주라는 작가님의 코칭에 귀 기울였다. 그동안 나 자신에게 몰아붙이며 스트레스를 준 것 같아 마음을 다시 고쳐먹고 글쓰기를 시작했다.

거장들과 어깨를 나란히 할 수 있는 방법은 당장 그 거장들의 삶을 흉내내고 그대로 따라할 수는 없다. 다만, 독서를 통해 자신감을 얻고 그들의 삶을 들여다보는 것부터 시작해야 한다는 것을 믿고 따라해 보았다. 추천해주신 책 세 권을 샀다. 세 권 중 한권은 내가 사 본 책 중에 가격도 가장 비쌌다. 앤서니 라빈스의 《네 안에 잠든 거인을 깨워라》라는 책이었다. 도착한 책을 설레는 마음으로 열어보았다. 깜짝 놀랐다. 중학교 때 본 영어사전 다음으로 가장 두껍고 무거운 책이었다. 800페이지. 그런데 내 마음속에서 이상한 기운이 일어나고 있었다. 평소 같으면 이 두꺼운 책을 왜 샀을까 후회했겠지만 '잠든 거인'이라는 말이 나를 사로잡았다. '그래 이거야! 내 안에도 분명 결단하고 실천할 수 있는 거대한 힘이 있을 거야.' 그날 이후로 한 문장 한 문장 생각하고 다시 읽기를 반복하며 내 것으로 만들었다. 배운 대로 독서노트를 써보기로 마음먹었다. 삶의 지침서 같은 묵직한 내용이어서 모두 다 놓칠 수 없는 명문장이었지만 내 마음에 더 와 닿는 글귀에 밑줄을 그었다. 읽고 또 읽었다. 그리고 그 내용을 다시 손끝에 힘을 주고 적어나가기 시작했다. 실천방법이나 성공요소 같은 내용을 독서노트에 적고 내 삶에 적용해보았다. 4단계의 공식에 나의 사례를 적었다.

1단계: 진정으로 원하는 것을 결정하라.
2단계: 행동하라.
3단계: 잘 되는 것과 잘못되는 것을 찾아내라.
4단계: 원하는 것을 이룰 때까지 전략을 바꿔가며 계속하라.

이 내용을 포스트잇 종이에 똑같이 써서 잘 보이는 벽에 붙여두었다. 나를 자극시키고 행동할 수 있도록 에너지를 주는 핵심문장도 크게 써서 붙여두었다. 가슴이 두근거리기 시작했다. 나도 해낼 수 있다는 자신감이 생겼다. 글쓰기가 순조롭지 않고 마음만 조급하던 때와는 사뭇 달랐다. 이젠 매일매일 꾸준하게 글을 쓸 수 있을 것만 같았다. 그제서야 왜 독서와 글쓰기를 병행하라고 했는지 알 것 같았다. 사람은 역시 행동하고 실천할 때 발전할 수 있는가 보다.

이젠 글감이 생각나지 않는다고 불평하지 않는다. 아무 생각이 나지 않더라도 일단 책을 편다. 그리고 문장을 씹어 먹듯이 생각하며 반복해서 읽는다. 그러다보면 저자의 깊은 뜻이 조금씩 이해되기 시작한다. 써야 한다는 강박에서 벗어나 할 수 있다는 가능성에 초점을 맞추니 더 이상 글 쓰는 것이 두렵지 않았다. 계획했던 대로 목차의 내용을 글에 담지 못한 날도 있었지만 머리아파하지 않았다. 책을 읽으면 생각나는 에피소드나 글의 주제가 문득 문득 떠오르기 시작했다. 쓰겠다고 초점을 맞추고, 책 안의 저자가 나를 도와준다는 마음으로 독서를 하기 시작하니 마음이 평온해졌다.

물론 독서와 글쓰기를 병행했다고 해서 좋은 글이 뚝딱 나오지는 않는다. 하지만 무엇보다 글을 쓰는 나의 태도가 달라졌다. 분명 내가 좋아하는 글쓰기였는데 책을 낸다는 부담감과 빨리 초고를 완성하겠다는 조급함이 있으니 계속 머리 무거운 일로 다가왔던 것이다. 매일 조금씩이라도 쉬지 않고 꾸준하게 쓰는 것을 실천하니 하얀 종이에 까만 글씨로 채워가는 일이 즐거워졌다. 세상의 모든 일상이 글감으로 쓸 수 있을 것 같은 자신감이 생겼다.

나는 오늘도 글을 쓰고 있다. 내안에 있는 잠든 거인을 깨우라고 외치는 작가가 나를 응원해주고 있는 것 같아 든든하다. 사람이 책을 만들지만 또한, 책이 사람을 만든다. 책을 통해 또 다른 나의 발전과 가능성을 믿을 수 있는 일은 참 멋진 일이다. 앞으로 글을 쓰면서 또

한계에 부딪히기도 하고 좌절을 겪을 수도 있겠지만 이젠 나 자신을 믿어주며 한발 더 나아가 보려한다. 매일 쓰는 습관으로 나는 이제 거침없이 나의 글을 써내려간다.

3. 사랑 한 움큼

베란다 창가에 와 닿은 빗소리가 참 좋다. 바람도 선선하다. 비가 오려고 어제부터 유난히 습기가 높았나보다. 비가 내리면 그리워지는 것들이 많다. 날씨는 항상 우리의 감정을 시시각각 변화시키는 마법과도 같은 힘이 있다. 비가 오는 날이라도 기분이 더 좋아질 때가 있고, 마음까지 어두컴컴해질 때도 있다. 오늘은 그리워지는 것들이 생각나는 것을 보니 그냥 편안한 느낌이 드는 날이다. 문득 비 오는 장면을 사진으로 남기고 싶다는 생각이 들었다.

사진을 잘 찍고 싶었다. 사진학과가 있다면 나는 아주 즐겁게 공부했을 것 같다. 그렇다고 그럴싸한 카메라를 사거나 비싼 수강료를 주고 배울 만큼 열정적이지는 않았다. 요즘은 스마트폰을 이용해서 찍고 싶은 사진을 마음대로 찍을 수 있어서 좋다. 전문적으로 촬영기법을 배우지 않아도 일상의 소소한 재미난 기록들을 늘 가지고 다니는 핸드폰에 저장이 된다는 것이 아직까지도 신기하다. 아날로그 감성이 묻어나는 카메라로 사진을 찍은 기억이 희미하다. 사진 속에 담긴 에피소드와 그날의 생생한 기억이 나를 웃게도 하고 찡그리게도 한다. 언젠가부터 사진 한 장에 의미를 깊이 두고 일상을 담는 습관이 생겼다. 산책을 하다가도, 운전을 하다가도, 멋진 공간에 가더라도 의미 있는 사진으로 남기고 싶어 주저하지 않고 폰을 들어 촬영을 한다. 꾸준히 운동을 하고 있는 요즘. 아침 저녁으로 보이는 화사하고 청명한 하늘은 마치 푸른빛을 띠는 동해안 바다처럼 풍덩 빠져들고 싶게 만든다. 반갑게 인사해주는 나뭇잎들, 비가 오고 난 후 갈증을 해소하는 꽃들… 자연을 담고 나면 나의 유년시절이 떠오른다.

부모님을 평소보다 더 많이 생각하고 추억을 떠올리는 시간. 음력 1월 26일. 부모님의 기일이다. 1년에 한 번 꼭 삼남매가 모여 추억을 되살린다. 오래된 인생사진을 보며 우리는 기억을 더듬어가며 추억을 이야기한다. 낡은 흑백사진 한 장에 희미한 어린 시절 기억을 소환한다. 매번 보는 사진들 중에 유난히 눈에 띄는 사진들이 한 장씩 발견된다. 그날의 내 기분과 감성에 따라 더 돋보이는 사진들이 있기 마련이다. 추억앨범은 크게 세 권이 있다. 부모님의 풋풋한 학창 시절부터 연애시절까지 얽힌 사진첩, 우리들의 탄생과 더불어 귀여운 모습들이 담긴 앨범, 삼남매의 성장과 가족들과의 여행이 담긴 스토리 앨범이었다. 그날은 부모님의 결혼이 시작되면서부터 순서대로 차곡차곡 사진이 정리되어있는 두 번째 앨범을 눈여겨보게 되었다. 아빠는 미술 선생님이셨다. 삶의 낭만을 일상에 심어두셨고, 늘

낙관적이고 행복한 일상을 우리들에게 가르치셨다. 앨범 곳곳에 미술교사다운 센스가 넘쳐났다. 직접 그린 나뭇잎들, 만화처럼 그려놓은 초상화들, 벤치 위에 앉아 스케치를 하는 당신 모습.. 내가 1970년에 태어났는데 오십 년이 지난 지금 봐도 전혀 손색없는 작품 들이었다. 그중 내 눈을 확 끌어당기는 글과 그림이 맨 첫 장에 펼쳐졌다.

추억

조용한 가슴을 헤치고
무거운 창을 활짝 열자.
곱디 곱게 수놓아진

맑고 부푼 지난날 속에
너와 나의 나래를 활짝 펴면
괴로운 오늘은 꿈이 되고
행복의 앞날이 보이려니.

추억을 찾아
우리 함께 장을 넘기자.

꿈과

행복과

낭만을 향해

- 1968. 6. 19 -

그림과 곁들여진 저 시 한편이 아빠와의 추억을 떠올리게 되었다. 앵글 속에 담고 싶은 나의 많은 일상들도 언젠가 아빠의 저 감성을 녹여내는 한 편의 시처럼 내 삶의 추억이 되겠지. '추억'이라는 저 글을 읽고 한 장 한 장 펼쳐보니 더욱 의미가 남달랐다. 아빠는 시인이자 화가이셨다. 어린 시절 주말이면 어김없이 코끝을 자극하는 유화 냄새를 맡고 자랐다. 다양한 색을 섞어 산과 바다를 표현하셨다. 흰 천으로 만들어진 액자 위에 쓱쓱 싹싹 몇 번만 붓질을 하면 금세 아름다운 색이 입혀지고 풍경이 그려졌다. 그저 신기하기만 했던 지난날의 그 느낌처럼 그리운 부모님의 일생을 내 가슴속 앵글에 더 깊게 찍어 두었다. 스마트폰으로 일상이 편해졌고, 웬만한 것들은 모두 다 해결되는 편리한 세상이 되었다. 하지만 모든 것이 디지털화 되어가고 있어 들여다보고 싶은 옛 감성을 애써 찾는 노력들이 사라지고 있다. 빛바랜 사진 속에서 굵고 단단한 삶의 줄기 하나 얻어서 내 마음 밭에 곱게 심어두었다. 나의 존재가 빛날 수 있도록 버팀목이 되어주셨던 두 분의 아름답고 찬란했던 사랑 한 움큼 소환했던 오늘을 잊지 못할 것 같다.

4. 배움을 통해 나를 찾다

"가장 유능한 사람은 가장 배움에 힘쓰는 사람이다."

-괴테-

가르치는 일이 직업이다 보니 자연스럽게 교육을 받을 수 있는 기회가 많았다. 교사일 때는 아이들을 직접 가르칠 때 필요한 노하우와 프로그램 교육을 받았다. 원장이 되고나서는 리더십 교육을 비롯해 원을 한 방향으로 잘 이끌어갈 마인드 교육과 부모교육 등 다양하게 배웠다. 또, 계속 배우는 것을 좋아하는 원장님들과 함께 자기계발 분야의 교육들도 접할 수 있었다. 배우는 것이 좋았다. 실제로 내가 어린이집을 운영하면서 반드시 필요하지 않은 교육도 배우는 데에는 이유가 있었다. 그것은 내 마음 깊숙한 곳에서 유아교육의 위상이 좀 더 높여지길 바라는 갈망이 있기 때문이었다.

"원장님 잘 지내고 계시죠? 제가 선착순으로 다섯 분의 원장님을 모시고 좋은 교육 함께 들으려 해요."

통통 튀는 목소리와 활기찬 에너지가 트레이드마크이신 '유아행복연구소'의 고선해 소장님의 전화였다.

나는 무슨 교육인지 묻지도 따지지도 않고 무조건 함께 한다고 큰소리로 말했다. 유아교육을 위한 강의를 하는 전문 강사님인데 다른 강사들과는 달랐다. 열정적으로 배우는 목적이 강의를 듣는 사람들에게 나누어 주려는 큰마음으로 계속 새로운 도전을 하는 분이었다. 새로움에 주저하고 망설이는 성격인 나에겐 꼭 필요한 에너자이저였다. 아마도 그런 내 마음을 알고 이끌어 주셨던 듯했다.

2014년 초여름. 소장님과 나를 포함해서 여섯 명의 교육자가 모였다. 광주, 대전, 대구, 안산, 울산. 전국 각지에서 늘 배움을 갈망하는 원장들이다. 기대하고 들었던 교육주제는 '삶을 바꾸는 책 쓰기'였다. 1박 2일 동안 꼬박 16시간 이상 진행되는 강의였다. 책 쓰기에 대한 강의 전에 인문학을 설명해주셨다. 인문학은 '철학'과 밀접한 관련이 있다. 인간의 사상과 문화에 관해 탐구하는 학문이라는 것을 알게 되었다. 철학하면 소크라테스가 먼저 떠오른다. 학창시절 내내 도덕시간에 자주 등장했던 철학자들이 따분하고 지루한 이야기로만 들렸는데 철학이 재미있었다. 너무 진지하고 생각이 많은 사람들을 보고 '꽤나 철학적이다'는 말을 하곤 한다. 철학은 '생각을 밝히는 학문'이라는 설명을 해주셨는데 생각을 밝힌다는 말이 참 좋았다. 오전 두 시간이 훌쩍 지났다. '어쩌면 저렇게 막힘없이 술술 강의를 이야기하듯 잘 하실까?' 많은 사람들 앞에서 무엇이든 잘 전달하고 설명하는 강사가 되는 일을 꿈꿔왔기에 강사에게 좀 더 신뢰가 갔다. 강사님은 20대 때부터 약 2,000권 이상 책을 읽었다고 했다.

'2000권이라니! 나는 1년에 책 열권도 읽지 못하는데.' 입이 딱 벌어졌다. 역시 책을 많이 읽는 사람은 확실히 달랐다. 오후시간부터 책 쓰기에 관해 강의를 들었다. 내가 쓴 글이 책이 되어 사람들이 읽을 상상을 하니 강의를 듣는 내내 가슴이 뛰었다. 주제를 정하는 것이 가장 중요하다고 말씀하시고 각자 생각해 볼 시간을 주셨다. 내가 가장 잘 하는 것과 세상의 트렌드를 잘 반영할 수 있는 주제라면 좋겠다고 하셨다. 많은 교육을 받았지만 대부분 설명을 듣고 끝나는 형식의 교육이 많았다. 집에 가면 다시 강의안을 펼쳐보지 않고 끝나버리는 그야말로 소비형 학습을 했던 것이다. 그런데 책을 쓰려면 무엇보다 내 경험을 녹여내야 한다는 점을 알려주셨다. 나 자신에게 끊임없는 질문을 던져보고 생각을 정리하는 강의를 들은 것 같아 뿌듯했다. 강의가 끝나고 돌아온 뒤 계속 생각했다. 왜 내가 이 내용을 책에 담고 싶은지, 내가 잘 알고 있는 것이 무엇일까를 생각했다. 유아교육에 몸담았던 경험을 녹여내고 자녀교육을 힘들어하는 부모를 대상으로 글을 써봐야겠다고 대략적인 콘셉트를 잡았다. 책에 있는 내용을 가지고 강의를 한다면 사례가 풍부해야 한다고 생각하고 계속 메모를 해 나갔다. 나의 유년시절을 떠올리니 자연스럽게 부모님과 함께했던 지난날이 떠올랐다. 또 교사시절을 떠올리니 아이들과 함께 나눈 즐거운 에피소드가 생각났다. 생각해보니 나 또한 부모였다. 내 아이를 키우면서 느꼈던 감정들도 꺼냈다. 생각하는 것이 어렵다고 느꼈지만 모두 내 경험을 꺼내서 다듬으면 되는 것이었다. 그동안은 책을 쓴다고 해서 뭔가 거창하고 그럴싸한 이야기를 해야 할 줄 알았다. 내 이름으로 나온 책이니 내 이야기를 쓰면 되는 것이었다. 오랫동안 잊고 지냈지만 생각하면 글이 되는 추억들과 다양한 스토리들을 정리해서 목차를 정했다. 초고를 쓰고 퇴고과정을 거쳐 책을 완성했다. 강의를 듣고 난 후 8개월 만이었다. 그렇게 해서 나의 첫 번째 책 '행복의 길을 여는 위대한 유산'이 출간되었다. 사람들에게 내가 책을 펴냈다고 말하고 싶은 단순한 이유였다. 무조건 해보자는 배짱과 용기만으로 책을 냈다. 책 쓰기 과정을 통해 얻은 가장 큰 소득은 내가 글쓰기를 아주 좋아하는 사람인 것을 알게 되었다는 점이다.

배운다는 것은 참 중요하다. 배움을 통해 깨달을 수 있는 것은 많다. 몰랐던 것들을 알아가는 기쁨도 있고, 나를 돌아보는 시간이 되기도 한다. 무엇보다 가장 중요한 것은 내가 어떤 사람인지 떠올려볼 수 있는 시간이기에 소중하다. 변화와 성장을 하고 싶다면 배우고 또 배워야 한다. 나는 오늘도 책을 읽는다. 결국 배움은 나 자신에게 가장 많은 유익을 준다. 그리고 더 나아가 다른 이들을 돕겠다는 진심이 닿을 때 진짜 삶을 배울 수 있다.

5. 빨간 봉투의 그녀

2008년 4월. 따뜻한 봄볕이 좋은 날. 평범했던 내 삶에 큰 파장을 일으킨 그 날을 잊지 못한다.

출근을 하고 아이들 등원을 맞이하고 났더니 원장실에 우편물이 가득 쌓여있었다. 광고 및 홍보성 우편물이 대부분이었다. 하지만 세심하게 잘 봐야 했다. 각종 고지서도 있고, 업무적으로 중요한 우편물을 놓쳐서는 안 되기 때문이다. 간혹, 회사로 가야하는 우편물이 어린이집으로 오기도 했으니 꼼꼼히 체크해야 하는 것은 나의 오전 일과 중 하나였다. 광고성 우편물을 하나하나 체크하고 버릴 것과 필요한 것을 나누고 있었는데 그때 빨간색 봉투가 눈에 확 띄었다. 확실히 튀는 색이라서 뜯지 않고 버릴 수 없었다. 열어보니 역시나 교육홍보 전단지였다. 교육설명회 선착순 스무 명, 일단 선착순이라는 말이 눈에 띄었다. 내가 먼저 교육을 받고 싶은 마음이 들었다. 구체적으로 어떤 교육인지 자세한 문의사항 전화번호가 적혀있었다. 왠지 모르게 마음이 끌렸다. 망설이지 않고 바로 전화번호를 눌렀다.

"여보세요. 우편물 전단지 보고 전화 드렸는데요. 어떤 교육인지 궁금해서 전화 드렸어요."

"네. 안녕하세요. 거기 지역이 어디실까요?"

아주 밝고 활기찬 목소리가 들렸다. 처음 통화하는데 친근감이 느껴졌다.

"아 여긴 전라도 광주입니다."

"네~ 반갑습니다. 하하하하 원장님 꼭 뵙고 싶네요. 행복연구소는 대구에 있어요. 광주에 있는 열정 넘치는 원장님들을 만나 뵙고 싶어서 기획했답니다."

시종일관 밝고 높은 톤의 목소리로 전화를 받은 사람은 전단지에 적혀진 이름 고선해 소장이었다.

'소장'이라는 호칭과는 어울리지 않는 목소리였다. 내가 아는 소장의 이미지는 따로 있었기에 낯설게 느껴졌다. 회사에서 근무하시는 관리소장, 또는 제품을 만드는 생산파트 소장이 전부였다. 그리고 내가 아는 소장은 다 남자였기에 더 어색했다. 처음 통화를 하는데도 아주 자연스럽고 친화력이 넘쳤다. 조심스럽게 전화를 걸었는데 활짝 웃는 목소리가 기분 좋게 했다. 원장들을 위한 리더십 교육이라고 했다. 교육내용을 떠나서 이렇게 통통 튀고 소탈한 강사를 꼭 한번 만나봐야겠다는 생각이 들었다. 전화를 끊고 나서 날짜를 다시 한 번 확인했다. 바쁜 일정이 있는지 확인하고 다이어리에 크게 적어두었다. 꼭 만나보고 싶었다. 나도 모르게 기대되고 설레는 마음이 생기고 있었다.

2주 후, 교육장소인 '김대중 컨벤션 센터'로 오후 두시 십오 분 전에 도착했다. 교육은 두시부터였다. 나는 시간약속을 하면 항상 미리 준비하는 습관이 있다. 특히나 교육을 받을 때는 더 먼저 가기 때문에 주최측보다 먼저 도착할 때도 있었다. 오늘도 아니나 다를까 내가 1등이었다. 조심스럽게 강의장으로 들어갔다. 그곳은 소규모 강의장이었다. 앉아서 강의준비를 하던 강사가 일어나서 내게로 왔다. 머리는 단정하게 망사에 넣어 묶고, 화이트계열의 치마 정장을 입었다. 이목구비가 뚜렷하고 예쁜 강사님이었다.

　"아 원장님~ 어서 오세요. 성함이 어떻게 되시죠?"

　전화목소리로 들었던 바로 그 활기 넘치던 목소리였다. 반갑게 내 손을 잡고 인사를 나눴다. 생각했던 것보다 더 예쁘고 훨씬 젊고 매력적인 강사였다. 교육생들이 아무도 오지 않아서 어색한 시간일줄 알았는데 우리는 오래 만나왔던 사람들처럼 편안했다. 열 명 정도 들어오자 교육이 시작되었다. 강사는 독특하게 자기소개를 했다.

　"여러분 제 이름 세 글자로 운을 띄워주시면 삼행시로 저를 소개하겠습니다."

　"고 고선해입니다. 선 선수가 나가신다. 해 헤 헤 헤 헤 헤 헤 헤."

　어디에서도 보지 못한 강사소개였다. 유아교육을 공부한 사람들이기에 금방 동화가 되어 마지막 웃는 소리에 우리도 깔깔깔 웃기 시작했다. 온몸을 이용해 다양한 제스처로 시선을 끌어당겼다. 우리는 아이들 앞에서 수업도 하고 진짜 아이들의 친구가 되어 같이 놀아주는 사람들이기에 전혀 어색하지 않았다. 앞에 서는 사람이 에너지가 넘치게 진행을 하니 금세 분위기는 밝고 환해졌다. 해피바이러스라는 닉네임을 붙여주고 싶었다. 웃음도 전염이 되나보다. 고선해 소장은 자신의 살아온 이야기를 교육 중간 중간에 했다. 결코 웃으면서 들을 수 없었던 이야기였다. 하지만 그 과정을 통해 사명을 찾았고, 마음속에 갇힌 자신의 이름을 꺼낼 수 있었다고 고백했다. 천권이 넘는 책을 읽고 다양한 교육을 받았고 웃음치료도 배웠다고 말했다. 아이들과 대화하듯 손 유희로 수강생들을 참여하게 했다. 뭔가 쑥스러웠지만 따라하지 않으면 안 될 것 같은 분위기로 계속 이끌었다. 크게 웃을 일이 아닌데도 말하면서 큰 소리로 웃었다. 수업을 받는 청중들도 덩달아 하하 호호 웃게 되었다. 고선해 소장은 자신을 솔직하게 다 보여주었다. 어떤 이유로 강사의 자리에 서게 되었는지, 어떻게 교사에서 원장인 삶을 살다가 다시 강사로서 사명을 갖게 되었는지 스토리를 들려주었다. '뭔가 이 사람한테는 열정 그 이상의 것이 있구나.' 앞으로 직진하고 도전하면서 끊임없는 노력을 해 왔다는 것이 느껴졌다. 그리고 무엇보다 아낌없이 자신이 걸어왔던 길을 내어주려는 당찬 모습이었다. 교육이 끝나고 돌아오는데 밝고 환한 그녀의 목소리가 귓가에 들려왔다. 그렇게 밝음 뒤에 어두웠던 자신만의 삶을 툭 털어놔준 그녀가 참 용기있고 멋지다는 생각이 들었다. 나는 교육후기를 문자로 전송했다. '젊고 아름다운 소장님. 오늘 살아있는 강의 잘 듣고 갑니다. 처음 뵈었지만 낯설지 않고 힘찬 에너지 받고 갑니다. 또 다시 듣고 싶고 만나고 싶다는 생각을 했습니다. 먼 곳 대구에서 이곳까지 달려오신 그 열정에 박수를 드립니다. 수고하셨습니다.'

그 후로 유아행복연구소에서 진행하는 강의는 계속 들었다. 교사교육도 모든 교사들과 함께 듣고 부모교육 과정이 새롭게 개설되어 초급, 중급, 고급 과정까지 열심히 들었다. 고선해 소장은 배우고 연구한 것들을 유아교육 현장에 있는 교사와 원장들에게 아낌없이 내어주었다. 현장에서 중심을 잡고 항해를 할 사람은 리더인 원장이라는 사실을 다시금 깨닫게 해주었다. 무엇보다 그녀를 만나면 웅크리고 있던 나 자신을 꺼내어 표현할 수 있었다. 젊은 나이에 원장이 되어 좌충우돌 우여곡절을 겪은 이야기가 마치 나의 과거와 비슷하다고 생각되어 더 공감이 되었다. 꿈을 향해 용기있게 내딛었더니 가르치는 사람으로서의 사명이 생겼다고 고백했던 그녀의 목소리가 나를 대변해주는 듯했다. 사람들이 우편물을 보지 않고 버릴까봐 같은 주소로 두 장씩 발송했다는 그녀. 빨간색만큼 열정적이고 당당한 그녀를 만나면 나도 모르게 기분이 좋아졌다. 수줍게 숨겨있었던 나의 내면도 활기를 띠었다. 그렇게 빨간 봉투의 그녀는 벌써 14년째 좋은 인연으로 맺어지고 있다. 꿈이 있고, 뭔가 해내고 싶은 열정이 있었기에 그녀의 밝고 적극적인 모습을 닮고 싶었다. 그녀를 만난 그

때의 초심으로 다시 돌아가 이제 또 다른 나의 꿈을 찾아서 노를 저어봐야겠다.

6. 다시 시작 나의 꿈

　TV를 보면 유능하고 멋진 사람들이 많이 나온다. 자기 분야에 대해 책임감을 가지고 사는 사람들, 오랜 시간 동안 오직 한 가지에 몰두하고 최선을 다하는 사람들, 누가 뭐래도 자신의 소신과 철학을 세상에 알리는 사람들. 모두가 자기 삶을 즐기고 있었다. 부러웠다. '좋겠다. 저 사람은 어떻게 저기까지 올라올 수 있었을까. 부단한 노력이 있었겠지' 생각하면서도 왠지 운이 좋은 사람처럼 생각도 들었다.

　'다 저렇게 노력하면 성공하나? 뭐 다 그런 건 아니잖아' 하는 삐딱하고 부정적인 생각도 했다. 모두가 인정해주기까지 얼마나 치열하게 살았을 주인공들인데 괜히 부럽고 배 아픈 못난 나를 본다. 요즘은 방송도 각종 유튜브나 SNS 홍보 등 모든 게 리얼이다. 방송의 묘미를 살리기 위한 억지스러운 장면들도 있지만 이젠 있는 그대로 꾸밈없이 보여주는 프로그램들이 많다. 사람들을 웃고 울리는 드라마부터 아무 생각없이 떠들고 끝나는 예능프로그램, 진짜 인생이 뭔지 보여주는 인생극장, 갑부가 된 서민들 이야기 등 다양한 삶의 이야기를 만난다. 그렇다면 TV 이야기 말고 나의 이야기는 누가 들어

줄까. 나의 꿈 이야기를 하고 싶다.

　유년시절을 거쳐 학창 시절 내내 '말'에 대한 트라우마가 나를 옥
죄었다. 말을 잘하고 싶은데 잘 못했다는 말이 아니다. 말에 대해 상
처 받은 기억이 많아서다. '왜 그렇게 답답하니?' '아, 그니까 말을 제
대로 좀 해보라고.' '왜 그렇게 생각이 없어 생각이!' 불같은 성격의
엄마가 쏟아냈던 말이다. 난 소심하고 여린 아이였다. 작게라도 대들
거나 반항한 적이 한 번도 없다. 아니 못했다. 감히 엄마한테 그렇게
화를 내거나 성질을 낸다는 것은 상상조차 못 했다. 엄마가 그만큼
무서웠다. 지금 생각해보면 한 번쯤은 그래도 엄마한테 힘들다고 말
할 수도 있었는데. 좀 기다려달라고 왜 말을 못 했을까. 용기가 부족
했다. 엄마한테 들은 말이 아픈 상처가 되어 가슴을 짓누를 때가 많
았다. 별것 아닌 말이고, 아이 키우다 보면 모든 엄마들이 욱 하며 몇
번이고 소리 지를 수 있는 그런 말이 대부분이었다. 어른이 되어보니
그렇게 느껴진다. 하지만 난 유난히 엄마의 말을 예민하고 아프게 들
었고 그 말들이 다 상처가 되어 혼자 끙끙 앓고 마음속 깊은 곳에 하
나하나 쌓아두었다. 저녁에 잠들기 전 엄마한테 혼났던 말이 뱅뱅 맴
돌아서 계속 그 말을 되뇌이며 훌쩍거리곤 했다. 그런데, 꼭 엄마의
말만 그런 건 아니었다. 친구도 그랬고, 학교 선생님도 그랬다. 상대
방이 배려하지 않고 일방적으로 쏟아낸 말을 들으면 그런 말들이 모
두 상처가 되었다. 살다보면 부딪힐 때도 있고, 어떤 의견을 강력히

주장하면서 언성이 높아지기도 한다. 그런데 큰 싸움이 될까봐 내 문제가 아니어도 괜히 조마조마하고 불안했다.

유아교육 전공을 살려 아이들을 가르쳤고, 9년의 교사생활을 거치고, 16년 동안 원장으로서 역할에 충실했다. 많은 사람들과 관계를 맺으면서 말의 중요성을 느꼈다. 말 한마디 어떻게 하느냐에 따라 상황은 많이 달라지는 것을 보았다. 학부모 상담을 하면서 자연스럽게 말하는 것에 특별한 관심을 가졌고 여러 교육에 참여하고 배웠다. 말공부 그것은 우리가 살면서 반드시 배워야 할 공부였다. 말을 공부하다니 의아할 수도 있겠다. 평생동안 살면서 나와 함께하는 삶의 도구가 '말'이 아닐까? 배우면 배울수록 내가 하는 말과 상대가 하는 말은 배우고 또 배워야 하는 것이었다. 배울수록 그런 생각이 들면서 내가 잘할 수 있고 좋아하는 분야를 찾은 듯 했다. 무엇이든 해보려면 자주 접하는 경험을 가져야 한다.

12년 전. 내가 처음으로 신학기 학부모 교육설명회를 제대로 준비 할 때의 일이다. 30분정도 학부모들과 설명회를 끝내면 부모님들은 각 반으로 가서 담임교사를 만난다. 입학을 하기 전 원에 대한 정보와 협조사항을 이야기하는 연례행사다. 원장은 그 원의 모든 것을 관리하고 책임지는 리더다. 학부모들은 원장에 대한 철학이나 그 원의 대한 이미지를 통해 신뢰감을 갖는다. 교육자로서의 면모를 보여

드리고 한 해 동안 아이들의 교육에 대해 약속하는 자리인 만큼 최선을 다해 준비한다. 세부사항을 말하기 전 교육에 대해 강조했다.

"교육은 사람을 키우고 변화시키는 막중한 일입니다. 반드시 해야 할 것과 하지 않아야 할 것들을 구분하는 것이 먼저입니다."

흔하게 하는 인사말로 학부모들을 대할 수는 없었다.

"우리 아이들이 학교에 가면 국어가 네 과목으로 분류해서 배우게 됩니다. '말하기와 듣기, 읽기와 쓰기' 이 네 가지 중 가장 중요한 것이 무엇일까요?"

질문을 던지니 대답은 다양했다. 내가 듣고 싶은 정답을 한 엄마가 맞췄다. 외쳐주셨다. 바로 그것은 '듣기'였다.

"네. 맞습니다. 오늘은 우리 아이들의 교육에 대해 설명 듣는 자리인 만큼 잘 들어주셔야 됩니다."

교육이라는 충분한 명분아래 내가 하고자 하는 원의 방향성에 대해 설득력 있게 풀어나갔다. 부모님들은 잘 집중해서 들어주었다. 행사를 마치고 교사들과 오늘 행사에 대해 회의를 했다. 까다롭고 예민한 학부모들의 요구사항부터 안내사항 등 설명회에 대한 평가를 체크하고 마무리했다. 원감선생님이 나에게 다가와 진지하게 말했다.

"원장님, 어쩜 그렇게 말씀을 잘하세요? 깜짝 놀랐어요. 반을 맡았을 때는 원장님이 하시는 것을 제대로 듣거나 보지 못했는데 옆에서 원장님이 부모님과 소통하시는 모습 보고 놀랐어요."

갑작스러운 칭찬에 나는 쑥스러웠다.

"당연히 내가 해야 하는 일인걸. 근데 어떤 부분이 놀랐다는 거야?" 하고 물었다. 놀라운 집중력으로 부모들로 인해 신뢰감을 높였다는 것이었다. 정확한 전달력과 설득력 있는 나의 '말'에 대해 많이 칭찬해주었다. 그저 잘 보이려고 하는 말이 아니었다. 기분이 좋았다. 내가 그동안 열심히 노력한 결과가 이제 나타나는구나 싶어서 뿌듯했다. 격려의 말 속에 다시 힘을 낼 수 있었다.

그 일을 계기로 자신감이 생겼다. 많은 사람들 앞에서 나의 의견을 말하고 사람들을 설득시켜 교육하는 분야에 대해 매료되었다. 그후로 부모교육을 계획해서 꾸준히 부모들과 소통했다. 바쁜 부모들을 위해서 연령별로 세 번에 나누어 교육하는 열정도 마다하지 않았다. 또한, 아이들을 가르치는 교사들에게도 다양한 아이디어로 교사교육을 기획했다. 교사들은 방과 후, 하루 종일 아이들과 씨름하다 보면 녹초가 된다. 그녀들은 본능적으로 빨리 퇴근하고 싶어한다. 그래서 미리 최소 2주일 전부터 공지를 한다. 교사로서 교육을 참여하는 것은 당연하지만 좋은 효과를 위해 즐겁고 재미난 이벤트도 마련하고 교사들과 소통했다. 교육도 습관이다. 하면 할수록 교사들이 자존감이 높아질 수 있다고 믿었다. 교육자로 불리는 우리의 위상은 우리가 스스로 높여야 한다고 강조했다. 그것이 나의 철학이 되었고 그 단단한 철학을 기반으로 교사들은 나를 더 신뢰해 주었다. '직업의

식'과 '사명'에 대해 연결했다. 교사들의 눈빛이 달라지기 시작했다. 무엇보다 그 교육을 위해 밤늦게까지 고민하고 연구한 흔적을 그들이 알아주었다. 교사의 위치에서 어떤 자세로 아이들을 대하고 있는지 각자의 마음을 돌아보았다. 교사를 직업으로 선택했을 때의 첫 마음을 서로 나누고 힘들었던 순간들을 모두 털어놓게 했다. 몸을 움직이며 즐거운 게임도 진행했다. 교사들의 표정은 밝아졌다. 일하면서 힘들었던 짐을 내려놓고 동료교사들과 나누고 공감하는 그 순간을 즐기고 있었다.

꿈은 나를 배반하지 않는다. 다만 내가 꿈을 모른 척하고 다가가지 않았을 뿐이다. 내가 잘할 수 있다는 가능성을 봤고, 좋아하는 일이 무엇인지도 알게 되었으면서도 한 발 내딛는 것이 두려웠다. 나를 더 믿어주지 못했다. 누구나 타고난 장점이 있다. 나도 많은 장점이 있다. 그런데 못하는 것만 집중하면서 나를 깎아내리고 힘들게 하면서 지냈다. 꿈이 있는데도 그것을 계속해서 발전시키고 다가가기 위한 노력을 게을리했다. 그리고 할 수 없고 안 된다는 핑계를 댔다. 글을 쓰고 말을 하는 직업 제 2의 나의 삶이다. 꿈은 다시 살게 하는 힘을 가졌다. 꿈의 진짜 주인이 되어 능동적인 하루를 만들어 가는 내 모습이 기대된다.

7. 7분의 기적

쉬기 시작한 지 석 달이 넘어간다. 3개월이라는 시간이 참 빨리도 흐른다. 빠른 시간들에 대한 아쉬움과 허전함은 더 오래전이나 지금이나 비슷한 느낌이다. 물론 나이가 주는 '세월'에 대한 짙음이 더 빠르다는 체감을 한다는 차이가 있긴 하다. 똑같이 주어지는 하루 스물네 시간인데 어떨 때는 빠르고 어떨 때는 더디게 느껴지는 이유가 왜 일까. 어떤 일이나 상황을 대하는 마음가짐 때문이 아닐까?

25년 동안 열심히 한 길을 걸어왔다. 그 시간 중 최근 3년은 내 소신대로 교육을 펼칠 수 없었다. 모든 업무를 내가 결정하고 이끌어가던 조직과는 많은 부분이 다른 상황이었다. 내가 이대로 가다가는 영영 다른 사람의 인생을 위해 사는 사람이 되어버릴까 싶어 두려웠다. 몸도 망가지기 시작했다. '나'라는 사람을 다시 찾고 싶은 마음이 간절했다. 내가 생각한 것을 소통하고 펼쳐내고 싶은데 마음처럼 쉽지 않았다. 무엇보다 건강상태가 좋지 않았다. 많은 고민 끝에 쉼을 선택했다. 한 번도 쉬지 않고 달려온 내가 과연 마음 편하게 쉴 수나 있을까 생각했다. 내가 좋아하고 가슴 뛰는 일이 무엇이었나 생각해 보니 글쓰기였다. 첫 책을 출간한지 벌써 6년째. 흉내내기일 뿐이라고 생각했는데 좋아하는 일을 어떤 식으로든 한번 하고 나니 할 수 있겠다는 자신감이 생겼던 값진 경험이었다. 바쁘다는 핑계로 글쓰기를 게을리 했던 내가 다시 자판을 두드린다. 나의 생각을 누군가와 공유할 수 있고, 공감이 되는 공간은 바로 글상자 안이다. 그래서 나는 열심히 쓴다.

나는 운이 좋았다. 힘든 면접을 통과해야 하거나 어려운 테스트를 보고 직장에 들어가진 않았다. 물론 25년 전이니 그때가 잘 기억이 나진 않지만, 어린 나이였고 자기소개서 쓰는 것부터 면접 과정이 결코 쉽지는 않았을 것이다. 첫 문장 쓰는 것부터 얼마나 많은 고민을 하며 썼다 지웠다를 반복했을지, 또 면접도 처음 보는 거라 무슨 말을 어떻게 했는지, 그저 얼떨떨한 느낌만 어렴풋이 기억이 난다.

아이들을 가르치는 교사를 하다가 원장이 되어 전체적으로 원 운영을 이끌어 가다 보니 가장 필요한 것은 '말'이었다. 말 한마디가 모든 것을 좌우했다. 그래서 배워야 했다. 어떤 것이든 내가 먼저 알아야 했고, 내가 열심히 하지 않으면 그 자리에서 교사들을 리드하기는 어려웠다. 좋은 교육들은 빠지지 않고 들었다. 부모교육, 교사들에게 전달할 수 있는 교육, 스피치 교육, 원장 학교 등 배움은 끝이 없었다. 광주에서 서울까지 매주 하루를 온전히 시간을 내고 7주 과정, 10주 과정 등 계속 배움은 이어졌다. 뜻이 맞는 원장님들과 다른 지역에 가서 다른 내용들을 접하기도 했다. 대부분 리더십 교육들이 었는데 발표하는 시간이 많았다. 주어진 과제를 미리 제출하고 또 앞에 나가서 2분 동안 내 사례를 발표하는 경우가 많았다. 잘하고 싶었다. 이왕 하는 것이면 최선을 다해 완벽히 하자는 마음으로 성실하게 임했다. 말을 하기 전에 글을 쓰는 것이 먼저다. 발표 준비를 할 때 반드시 내가 먼저 체크하는 일은 어떤 말을 어떻게 할 것인지 시작 인사부터 꼼꼼히 다 글로 써 보는 것이다. 그리고 읽어본다. 읽었을 때 자연스럽지 않은 글은 지우고 다시 썼다. 몇 번이고 다시 쓴 원고를 내가 잘 전달할 수 있게 거울을 보며 연습한다. 그리고 녹음을 해본다. 녹음된 내 목소리를 듣는 순간이 제일 힘들다. 내 목소리를 듣는 것이 습관이 되지 않아서인지 얼굴에 오만 인상을 다 찌푸리기도 하고 헛웃음이 나오기도 한다. 그렇게 긴장되고 힘들기도 했던 배움 속에서 즐거움을 느끼고 있을 즈음, 교육기관에서 주최하는 '스피치 대회'가 열렸다. 심화과정까지 다 배운 사람들에게 주어지는 기회였다. 자신의 스토리와 경험을 사람들에게 나누고 듣는 사람들에게 감동을 주는 일종의 '말' 대회였다. 어릴 때 웅변대회도 있고, 백일장도 있었는데 어른이 되어 배운 것을 토대로 이런 대회가 있다는 것이 신기했다. 나는 용기를 내어 참가하기로 결정했다. 취지도 좋았고, 무엇보다 새롭게 도전할 수 있다는 것이 긴장되고 떨리면서도 한 걸음 더 성장할 수 있다는 사실에 설레기도 했다.

첫 문장, 아직도 기억에 생생하다. "부모의 말이 문서다"

책에서 들은 말을 인용했지만 강력한 첫마디였다. 말이 문서가 되다니. 그 첫 문장을 보자마자 뭔가 전율이 일어났다. '어떤 이야기를 할까' 고민하던 내게 한줄기 빛처럼 다가왔다. 바로 나의 어린 시절이 떠올랐기 때문이었다. 그 문장 하나로 나의 유년시절 엄마에게서 들은 말 한마디가 오랫동안 상처가 되었던 스토리를 풀어냈다. 누구에게도 하고 싶지 않은 이야기. 가슴속 깊은 곳에 꽁꽁 숨겨둔 이야기. 나만의 열등감에 대해 이야기했다. 사람은 겉으로 보는 것과 실제 살아온 삶의 모습은 차이가 나기도 한다. 누구도 말하지 않으면 그 인생에 얽힌 사연은 모를 수밖에 없다. 청중들에게 자녀들을 믿어주고 스스로 해낼 수 있도록 격려의 말을 해주자는 메시지를 던지고 싶었다. 정해진 시간은 7분. '7분'이라는 시간이 그렇게 길다고 느낀 적은 처음이었다. 말할 수 있는 시간이 정해져 있어 원고를 맞춰 쓰는 것이 더 어려웠다. 그 스피치 원고를 수십 번도 넘게 고치고 수정하고 다시 쓰기를 반복했다. 읽고 또 읽고 거울 앞에서 어색하지 않게 말하는 것을 연습했다. 똑같은 원고도 포즈를 두고 천천히 하다보면 시간이 넘어가는 경우도 있고, 오히려 부족할 때도 있었다. 어떤 날은 내가 쓴 원고대로 읽어도 뭔가 글의 문맥이 맞지 않는 것 같아 또 수정하고 다시 녹음해서 들어보고 시간을 체크했다. 청중이 빠져 들도록 잘 전달할 수 있는 표정과 리액션까지 연습했다. 출퇴근을 하면서도 차에서 연습하고 녹음한 내 목소리를 다시 들어보고 열

심히 준비했다. 많이 배운 사람들 앞에서 내 이야기를 전한다는 것이
무척 떨렸다. 하지만 새로운 기대감도 생겼다. 내가 잘할 수 있을지
생각하면서 말이다.

　대회 당일 내 차례가 되어 스피치를 시작했다. 내 말을 듣는 사람
들의 표정을 잊을 수가 없다. 발표를 하는 동안 사람들은 나에게 빨
려 들었다. 스펀지에 물감을 묻히면 쏙~ 빨려 들어가는 것처럼 내
삶의 이야기에 더 진심이었다. 눈과 귀를 기울여 집중해서 들어주었
다. 그 순간만큼은 나에게 몰입하고 있는 청중을 보았다.

　세상 사람들이 다 알고 있는 뻔한 이야기가 아닌 나의 이야기라서
일까? 한순간도 놓치지 않으려는 듯 관심있게 들어주었다. 내가 준
비한 스피치를 모두 마칠 때까지 사람들의 온 시선은 '나'에게 있었
다. '최선'이라는 것이 이런 것일까? 떨리고 긴장되는 시간이었지만,
뭔가 모를 스릴과 감동이 전해져 오는 순간이었다. 그 짧은 7분을 위
해서 한 달 이상 열심히 준비한 열정을 쏟아냈기에 아쉬움은 없었
다. 난생처음으로 맛볼 수 있었던 삶의 생생한 떨림이었다. 열 한 명
의 참석자들 중 나는 대상을 받았다. 너무 기뻤다. 말 한마디의 상처
를 말로 풀어냈다는 것에 나를 칭찬해 줄 수 있었다. 게다가 큰 상까
지 받으니 얼떨떨했다. 그 기회는 마음속에 응어리 졌던 열등감을 씻
어낼 수 있게 해주었다. 자신감이 생기고 활기가 넘치는 생활이 시작
되었다.

그 계기를 통해 두 가지를 깨달았다. 첫 번째는 그런 아픔과 경험을 글과 말로 쏟아내고 나니 다 치유되는 느낌이 든다는 것이었다. 그래서 사람들에게도 권해주고 싶다. 힘들었던 과거의 시간들을 써 내려가는 것만으로도 한결 가벼워짐을 느낄 수 있을 것이다. 두 번째는 다른 사람들의 이야기를 듣다보면 나만 힘든 상처를 안고 살아가는 것이 아니라는 점이다. 가슴속 깊은 곳에 분명 숨겨둔 아픔들이 누구에게나 있을 것이다. 배움 안에서 삶을 나누고 함께 공감해 줄 수 있는 자리를 통해 선한 영향력을 끼칠 수 있어 기뻤다.

내 삶을 전하는 용기 그 어떤 경험보다 값진 경험이었다.

8. 내 인생의 봄

오늘따라 나른해진 오후. 햇살이 내리쬐는 봄날이다. 지금까지 봄을 느껴볼 여유없이 살았다. 문득 궁금해졌다. 내 인생의 봄은 언제였을까? 나에게 물었다. 그러기 위해서는 먼저 내가 바라보는 봄을 정의해야 했다. 봄은 생동감이 넘친다. 새로운 시작을 앞두면서 느끼는 설렘이 가득하다. 모든 생명들이 다시 태어나는 계절. 미지의 세계로 발을 들여놓는 순간 봄은 시작된다.

스물넷. 나는 아무 생각 없이 결혼을 결심했다. 내 인생이 송두리째 다 바뀌게 될 것임을 모른 채 섣부른 결정이었다. 물론 그때는 마냥 좋았고, 행복했다. 현모양처를 꿈꾸던 내가 생각한 것은 오직 한 가정의 테두리 안에서 알콩달콩 살아가는 모습뿐이었다. 살아가는데 큰 지장도 없었고, 그저 평범한 삶을 살았던 나에게 결혼은 더욱 편안하고 휴식을 취할 수 있는 좋은 안식처였다. 또한, 금방이라도 손에 뭔가 쥐어져 지금보다 훨씬 더 좋은 시간들만 약속하겠다는 달콤한 속삭임이었다. 결혼이 곧 내 방을 만드는 하나의 열쇠가 될 것이라고 생각했다. 사회의 다양한 경험을 하지 못한 채 그 순간이 전부인 줄 알고 나는 첫발을 내디뎠다. 세상은 내가 본 대로 내가 경험한대로 마음의 곳간이 채워진다. 텅 빈 내 마음속이 채워질 수 있는 하나의 시작이었다. 그런데, 결혼식 하루 전날. 내가 생각하던 '결혼'이라는 환상은 깨졌다. 부드럽고 달콤하게 모든 것을 배려해주고 의논하고 의지하는 그런 예쁜 것만이 결혼이 아니라는 것을 느낌적으로알 수 있었다. '어떻게 살아야겠다.'라는 구체적인 목표 따위는 없었다. 내가 그저 엄마로부터 독립을 한다는 데 큰 의의를 두었다. 살아보지 않았고, 미리 결혼을 경험한 친구도 없었다. 나는 그저 새롭게내 인생을 시작했다. 결혼이 아닌 나의 독립부터 새로운 인생을 시작했더라면 어땠을까. 아무튼 나는 혼자가 아닌 둘을 택했다. 온전히혼자였던 적이 없었던 내가 어떻게 둘을 가꿔갈 수 있었을까. 만난지 채 1년도 안되었기에 데이트를 한 기억도 거의 없다. 내 나이 스물넷 남편의 나이 서른. 결혼을 반대했던 엄마가 불현듯 허락을 해주셨다. 갑자기 왜 그렇게 허용적이셨는지. 그냥 끝까지 안 된다고 하셨다면 내 인생은 또 많이 달라졌을 텐데. 항상 운명은 그렇게 시작되나 보다.

피아노 학원을 운영하던 중 지금의 남편이 피아노를 배우러 왔다. 아이만 가르쳐 본 나는 좀 당황스러웠다. 더군다나 '성인남자를 내가가르친다고?' 다소 부담스러웠다. 어른을 가르친다는 생각에 어떻게 해야 할지 난감했다. 하지만 남편은 손놀림이 아주 매끄러워 피아노를 곧잘 쳤다. 어렸을 때부터 꾸준히 쳤다면 음악을 전공해도 손색이 없을 것 같다는 생각까지 들었다. 회사에 다니던 남편은 매일같이 퇴근 후 꾸준히 학원에 왔다. 어릴 때부터 FM대로 배웠던 나는 대충 가르치지 않았다. 내가 배웠던 대로 초등학생을 대하듯 기초부터 레슨을 했다. 저녁시간에 직장인 수강생들이 점점 늘어났다. 간호사들, 교회 지휘자, 회사원이었다. 직장생활 경험이 없는 나로서는 직장인들의 이야기가 궁금하기도 했다. 또한, 그들의 취미생활에 한몫을 하고 있다는 자부심이 생겼다. 그래서 더 열심히 가르쳐주고 싶었다. 없는 시간을 쪼개어 배움에 최선을 다하는 그들이 어린 나의 눈에는 대단해보이고 다들 멋져 보였다. 남편도 그냥 똑같은 직장인 수강생 중 한 사람이었다.

그런데 그를 조금 색다른 감정으로 바라보았던 결정적 계기가 있었다. 대학을 갓 졸업하고 사회경험이 없었던 나에게 직장인 수강생들은 사회의 선배같았고, 때론 친구처럼 느껴졌다. 10월 31일. 뭔가 특별한 이벤트를 하고 싶었다. 학원은 나만의 공간이니 내 마음대로 분위기를 만들어 꾸며보았다. 성당에서 만든 유리잔 촛불을 탁자 위에 빙 둘러 불을 켰다. 그것만으로 느낌 충만한 공간이 만들어졌다. 간단한 음료와 먹을거리들을 예쁜 접시 위에 담고 10월의 마지막 밤을 수강생들과 함께 보내기 위해 열심히 준비했다. 나이는 어리지만 그래도 학원장이니 그들을 위해 특별한 순간을 마련했다는 소식을 전했다. 모두가 둘러앉아 다과를 즐기고 서로의 일상을 묻고 대화를 이어나갔다. 나는 분위기를 고조시켜 '잊혀진 계절'을 연주했다. "지금도 기억하고 있어요. 시월의 마지막 밤을 뜻 모를 이야기만 남긴 채.." 수강생들 모두 피아노 옆으로 다가와 함께 노래를 불렀다. 교회 지휘자님은 기타를 두고 가셨는데 교회 행사 때문에 참석하지 못했다. 그런데 갑자기 그(지금의 남편)는 기타를 집어 들더니 앉아서 연주를 하기 시작했다. 어떤 연주였는지 모르겠지만 내 기억으로는 아주 연주를 잘했다는 것만 생생하다. 클래식 기타를 수준 높게 연주한 그가 조금은 멋져 보이기 시작했다. 음악을 좋아하고 배우려고 하는 그의 모습이 따뜻해 보였다. 음악을 좋아하는 열정이라면 일상의 대부분이 그럴싸하고 더욱 멋질 것만 같은 기대가 생겼다. '결혼'이라는 단어 자체를 떠올리기조차 어려웠던 그 시절이 바로 얼마 전 일인 것 같은데 벌써 28년을 부부로 살고 있다니 참 놀라운 일이다. 그렇게 살아가는 것일까? 한 번도 겪어보지 않고 가보지 않은 것이 우리의 삶이라는 당연한 사실을 왜 그땐 몰랐을까.

살면서 누구나 우여곡절을 겪는다. 누군가는 아무 계획과 준비없이 시작하는 것이 인생이라고 말했다. 우연히 찾아온 인연으로 깨닫고 알아가는 시간이었다. 결혼과 동시에 나는 '나'를 버려야 한다고 생각했다. 나의 주장과 생각을 강요하는 것이 결혼생활은 아니라고 스스로 절제하고 다독였다. 세상 경험이 훨씬 많은 남편이 모든 면에서 나보다 훨씬 탁월한 결정을 잘하리라 믿었다. 어쩌면 그것부터 '회피'의 시작이었다고 볼 수 있었다. 모든 것이 원만하기만을 바랐다. 남편은 자존심이 세고 자기주장이 확실한 사람이었다. 검소하고 남의 눈을 그렇게 많이 의식하지 않은 사람이기도 했다. 의견이 맞지 않을 때 양보하는 쪽은 항상 나였다. 부딪히고 맞서는 일은 결혼생활의 적이라고 생각했다. 옳고 그름이 중요한 것이 아니라 나누고 소통하는 것이 더 중요하다고 느꼈다. 그러기 위해서는 그저 내가 다 맞추고 져주는 것만이 안전한 결혼생활이라고 생각했다. 좋은 아내가 되고 지혜로운 엄마가 되는 것. 그것이 전부라고 생각하고 살았다.

무의식 중에 엄마의 잔소리가 지겨워 결혼을 도피처라고 생각했던 것도 사실이었다. 그런데 달콤한 신혼생활이 지나자 보이지 않게 팽팽한 신경전이 벌어졌다. 나이 차이가 많다는 것만으로도 남편에게 기가 죽고 항상 나는 어린 아내라는 사실이 싫었다. 순간 '결혼'이라는 환상이 깨졌다. 내가 선택한 결혼이라는 제도가 내가 넘어야 할 큰 산이었다는 것을 조금씩 느끼지 시작했다. 작은 것 하나에도 서로 다른 생각들을 하나로 다듬어 가는 과정이 결혼이었다. 삶을 살아온 과정이 너무도 달랐고, 부모에게서 받은 많은 습관과 생각들이 굳어있는 두 남녀가 하나가 되어야만 한다는 그 단순한 진리를 나는 몰랐다. 50대가 된 내가 어리고 철없던 20대의 나에게 질문을 던진다. "너는 지금 행복하니?"

어린 나이에 시작한 결혼생활은 수많은 선택과 용기를 감수해야만 하는 일이 많았다. 하지만 내 인생의 봄을 떠올리면 그래도 풋풋하고 막연한 환상을 품을 수 있어 행복한 시간들이었다. 또한, 나를 조금 더 내려놓아야 했던 20대가 훨씬 치열했고 힘들었던 순간들이었다.

누구에게나 인생의 봄이 있다. 화려하고 따뜻하고 강렬한 시작이 그럴 것이다. 시간이 흐른 뒤, 나를 바라보니 한 사람에게 맞추고 애써 용기있게 내 삶을 시작한 때가 가장 치열했고, 가장 화려했고, 순수했던 나의 봄이었다. 다시 그때가 돌아온다면 나는 '나'를 더 아껴주고 더 소중하게 관리할 것 같다. 온전히 나답게 살아가기 위해서 나를 다듬고 알아가는 시간이 반드시 필요하다. 치열하고 생동감 넘치는 나의 봄은 다시 시작될 것이라고 믿는다. 매년 찾아오는 봄처럼 인생에도 봄이 한번뿐이지는 않을 것이다. 나의 인생을 새롭게 써내려가는 지금 내가 좋아하는 일과 가치관으로 변화하고 성장하고 있는 이 순간이 나의 또 다른 새 봄이다.

9. 원장님, 드디어 해냈어요

며칠 전, 해질 무렵 열심히 걷기운동을 하고 있는데 반가운 전화 한통이 걸려왔다.

"원장님 저 드디어 끝났어요. 계속 연락을 드려야지 하면서도 다 끝내고 맘 편하게 연락드리려고 참고 또 참았어요."

실습 때부터 나와 함께 일했던 박은혜 교사였다. 초보원장시절이니 벌써 17년 전이다.

"일하면서 저녁에 대학원 다니고 논문까지 쓰는 것이 보통일이 아니더라고요. 이제 두 다리 쭉 뻗고 잘 수 있을 것 같아요. 다 원장님 덕분이에요."

지금은 서울에 있는 어린이집에서 중간관리자로 재직 중이다. 논문을 쓰는 과정이 어렵고 힘든 과정임을 알기에 충분히 공감이 되었다. 대견하고 기특하다면서 축하를 전했다. 지금까지 내게 연락해 오는 교사들이 몇몇 있다. 어떤 인연일까. 20년 넘게 일했어도 연락이 두절된 교사도 있는데 참 고마웠다. 현장에서 애로사항이 있거나 문제에 부딪혔을 때 어떻게 하면 좋을지 조언을 구하기도 하고 안부를 물으며 지금까지 귀한 인연이 되어준 은혜선생님이 예뻤다.

'내가 해준 것도 없는데 내 덕분이라니.' 논문을 쓰는 과정을 주절주절 한참을 이야기 하고나서 전화를 끊기 전에 한마디 덧붙였다.

"원장님 아시죠? 저 원장님 아니었으면 지금 대학원 도전하는 거 상상도 못했을 거예요."

너무 오래전 일이라 나는 기억조차 희미한데 선생님은 내 말 한마디로 배움을 선택했다고 말했다.

"그때 그러셨죠. 힘들다고 투정부릴 때 손잡아 주시면서 1년만 하면 학사를 딸 수 있으니 조금만 시간 내서 공부해보라고. 일하는 동안 일찍 퇴근하고 공부할 수 있도록 배려해 주시고 붙잡아 주셨잖아요. 김한송 원장님 아니었으면 진짜 엄두 못 낼 일이었는데 너무 감사합니다."

그렇게까지 옛 기억을 되살려 말해주니 정말 뿌듯했다. 애써 이끈 보람이 느껴졌다. 우리는 조만간의 만남을 기약하며 즐거운 통화를 마무리했다.

교사들과 소통하기 위해 다양한 방법을 연구한 적이 있다. 무상보육이 실시되기 전 원의 자율성과 개성으로 운영이 되었던 시절이다. 우리 원에서는 담임교사가 있고, 연령별로 부담임 교사가 한명씩 있었다. 회사에서 그만큼 아이들의 교육에 많은 관심이 있었기에 가능한 지원이었다. 졸업을 막 하고 현장에서 아이들을 가르치기 위해서는 준비가 필요했다. 그런 준비없이 바로 반을 맡아 정신없이 아이들과 만나다보면 실수가 잦을 수밖에 없다. 우리 원은 특별한 이변이 없는 한 1년 동안 부담임을 거치게 된다. 부담을 줄이고 배울 수 있는 좋은 기회임에도 교사들은 반이 없다는 것 자체에 소속감이 없다고까지 생각하고 힘들어했다. 뭔가 대책이 필요했다. 나는 문구점에 가서 가벼운 노트 세권을 샀다. 거기에다 부담임 교사들 이름을 쓰고 그 위에는 "원장님과의 대화노트"라고 써 붙였다. 담임교사들은 매주 계획안을 제출하면서 피드백이 오갔다. 계획안을 제출할 때 함께 제출할 수 있도록 했다. 그리고 그 노트에다 힘들게 느껴지는 일들이나 건의사항 등을 편하게 이야기 할 수 있도록 해주었다. 물론 또 하나의 일이 될 수도 있었고 원장인 나를 어려워할 수도 있었지만, 진심은 통한다고 생각했다. 처음엔 노트에 뭘 적어야 할지 모르겠다고 말을 하던 부담임 교사들은 솔직하게 자신의 감정을 기록해서 보여줬다. 나는 마음을 알아주고 격려해주는 쪽지를 붙여주었다. 대화노트는 계속 오고갔다. 나의 진심을 느꼈던 것일까.

"원장님. 저 솔직히 많이 놀랐어요. 이렇게까지 제 마음을 읽어주시고 살펴주시다니요. 감사합니다."

"배워가는 과정이 쉽지 않다는 것을 잘 아니까. 시간이 조금 더 지나면 멋진 담임교사가 될 수 있을 거야. 조금만 더 힘을 내보자."

빼곡하게 적혀있는 우리들의 대화는 차곡차곡 쌓여갔다. 그 중 한 교사가 가족이 모두 멀리 이사를 하게 되어 퇴사를 하게 되었다. 퇴사 후 석 달이 지날 무렵 연락이 왔다.

"원장님. 저 이곳 어린이집에서 다섯 살 아이들 반을 맡게 되었어요. 경력이 없는 신입교사인데 잘 배워왔다고 칭찬 받았어요. 원장님이 힘들 때 손잡아 주시고 격려해주신 덕분이에요. 감사합니다."

그 선생님도 아직까지 간간히 연락을 주고받고 있다.

'나에게도 이런 고마운 인연이 있었구나. 오래도록 내가 해준 말한마디를 잊지 않고 고마워하는 교사가 있구나.' 뿌듯하고 보람되었다. 초보원장 시절에 어떻게든 교사들을 한 방향으로 이끌어보려고 열정이 대단했었다. 지금 생각해보면 준비되지 않은 새내기 교사들에게 일방적으로 이끌어주려고 하지 않았나 생각도 든다. 시간이 지나 그때를 기억하고 내게 연락을 해오는 교사들은 그래도 나의 진심을 느끼고, 항상 그들의 편에서 공감해주는 지혜로운 원장으로 여겨주었다는 것이 참 감사했다.

교사생활을 하면서도 나이어린 후배교사들을 잘 다독거렸다. 결혼을 하고 아이를 낳고 본격적으로 일을 시작해서인지 동료교사들의 힘든 점이 내 눈에 다 보였다. 그때마다 내가 힘들었던 경험들을 들려주고 힘내보자고 기운을 주었다. 원장이 되어서도 교사들의 고충을 이해하고 보듬어 주는 것만큼은 1순위로 지켜왔다. 부모가 딸바보, 아들 바보 하듯 나도 어느새 교사바보 원장이 되어버렸다. 품어주고 손 내밀어 주면 돌아서서 자기이익만 생각하고 따지고 드는 교사들도 있었다. 애써 마음 풀어주고 다독여 주었는데도 힘들다고 툭 하면 그만두기 일쑤였다. 하지만 돌아서서 다시 안아줘야 내 마음이 편했다. 내가 아이들의 교사로 처음 섰을 때 그 마음이 고스란히 느껴지고 이해되었기 때문이었다.

원장이 되어서도 나의 처음인 교사의 역할을 잊지 않아야겠다고 다짐한 덕분이기도 했다.

진심을 다해 사람을 대하면 언젠가는 내편이 된다.

제5장
피할 수 없다면 즐기자

1. 일단 부딪혀라

오래 전부터 새로운 일에 도전해 보고 싶었다. 하지만 마음처럼 쉽지는 않았다. 안전한 직장생활을 하면서 굳어버린 사고방식이 문제였다. '그래도 매달 일정한 월급이 나오잖아. 새로운 일을 하려면 그만큼 시간이 걸리고 적응하는데도 쉽진 않겠지.' 이렇게 생각하면서 스스로를 합리화시켰다. 교육에 관련된 여러 가지는 관심있게 배웠지만 그것을 더 이상 확장시키지는 못했다. 일을 그만두고 쉬고 있는지도 3개월이 지났다. 머리를 쓰는 일보다 단순하지만 명쾌한 일을 해보고 싶었다. 며칠 전, 알고 지내던 원장님의 연락을 받았다.

"원장님~잘 지내고 있죠? 무료하게 쉬느니 뭐라도 해볼래요?"

나는 그 말에 솔깃해졌다.

"아, 무슨 일인지는 모르겠지만 제가 할 수 있는 일이면 해보면 좋죠."

"제가 빵집 운영하고 있는 건 아시죠? 그런데 아르바이트생들이 대부분 대학생들이라 일하다가 취업이 되면 가버리니 바쁘긴 하고 사람은 없고 그러네요. 사람이 자주 바뀌니 정신없어요. 원장님 괜찮으시면 아르바이트 한번 해보시겠어요?"

"네? 제가요? 빵 만드는 기술도 없고 자격증도 없는데 어떻게 해요?"

"원장님 빵은 안 만 드셔도 되요. 샌드위치를 매뉴얼대로 만드시면 되거든요. 어때요?"

태어나서 난생 처음으로 아르바이트를 시작했다.

'평일 오전 9시부터 두 시간. 급여는 최저임금.' 처음 해보는 일이지만 하루에 두 시간이니 큰 어려움은 없다 생각이 들었다. 그래서 일단 해보자 하는 마음으로 흔쾌히 하겠다고 했다. 무엇보다 큰 책임감이 없게 느껴졌고, 단순한 일이니까 쉽게 생각했다. 또한, 경험이 전혀 없는 50대인 나를 채용해준다는 것에 감사했다. 월요일 첫날은 개인사정으로 곧 그만두게 되는 전임자가 이것저것 알려주었다. 샌드위치의 종류가 참 다양했다. 종류마다 들어가는 재료도 조금씩 다 달랐다. 정해진 매뉴얼대로 양도 조절하고 포장도 규격에 맞추어 해야 했다. 식빵에 소스를 펴 바르고 각종 야채와 샌드위치 메뉴의 양념소스를 순서대로 차곡차곡 쌓는다. 빵이 부스러지지 않게 조심히 잘 잘라주고 포장용기에 빵집의 상호명이 써 있는 라벨지를 붙이면 완성이다. 두 시간이 훌쩍 지나갔다. 하루 해보니 할 만하겠다고 생각이 들었다. 물론 계속 서 있는데다 안하던 일을 하니 발목이 아프고 허리도 아팠다. '뭐 살면서 이정도 안 힘든 게 어디 있겠어.' 생각했다. 하루쯤 더 배우고 나서 해보면 좋겠다 싶었는데 다음날 가보니 가르쳐주던 전임자는 나오지 않았다. 일단 앞치마를 두르고 모자를 착용했다. 그리고 사진을 남겼다. '이왕 하는 거 열심히 해보자.' 스스로에게 주문을 걸고 일을 시작했다. 사장님은 그날따라 직원 한명이 갑자기 안 나와서 정신없이 바쁘다고 했다.

"샌드위치 어제 배운 것 만들 수 있겠죠? 오늘 도넛을 구워야 해서 너무 바쁘네요."

"순서나 재료가 헷갈리긴 하는데 어제 찍어둔 사진이 있으니 만들어 볼게요."

하루 더 배워봐야 할 것 같다는 말은 뒤로 한 채, 나는 자신 있게 말하고 재료손질부터 했다. 그런데, 어제 배운 세 가지 메뉴가 머릿속에서 동시에 섞이면서 혼돈이 오기 시작했다. 매뉴얼이 그림으로 나와 있는 사진도 너무 작아 안보였다. 샌드위치 이름도 비슷비슷한데다가 어떻게 만들었는지 기억도 안 났다. 결국 사고를 쳤다. 원래 만들었던 빵보다 크기가 좀 작아졌다. 그리고 안에 들어가는 재료도 좀 부족하게 보였다. 나는 바로 사장님께 말씀을 드렸다. 일단 만들어보라고는 하셨지만 내심 많이 당황해하셨다. 괜히 눈치가 보였다. '아, 제대로 배워야 하는데 그냥 차라리 아직 잘 못 만들겠다고 솔직히 말할 걸.' 후회하면서 집으로 돌아왔다. 겨우 두 시간 해보고 혼자 다 해보겠다는 것은 처음부터 무리였다. 문제는 다음날이었다. 그날따라 장대비가 내려 옷과 신발이 축축하게 젖은 상태로 매장에 도착했다. 느낌적으로 분위기가 심상치 않았다.

"원장님, 우리 매장에서 1등으로 팔리는 샌드위치인데 거의 안 팔리고 많이 남아있네요. 한 번도 이런 적이 없었는데…"

사장님은 말끝을 흐렸다. 뭐라 할 말이 없었다.

"아, 죄송해요. 어떡하죠? 그럼 다시 만들까요?" 말은 그렇게 했지만 그 자리를 박차 나가버리고 싶었다. 아르바이트 직원들도 다 있는데 공개적으로 창피를 당했다는 느낌을 받았다. 속으로는 계속 불평불만이 쌓이기 시작했다.

'애초에 다 알려준다 해놓고 바쁘니까 나 혼자 해보라고 했잖아. 이제와서 어쩌란 말이지? 이런 일이 처음인데 당연히 실수할 수도 있지.' 수만 가지 생각이 들었다. 하지만 어쨌든 내 실수라서 다시 마음잡고 샌드위치를 만들어보려고 하는데 사장님이 매장에 오신 빵 총괄하시는 매니저님을 불렀다.

"매니저님. 이것 좀 봐보세요. 뭐가 문제인지 보이죠?"

화가 단단히 난 것 같았다. 매니저는 내가 일하는 곳으로 와서 어제 만들었던 샌드위치 만드는 방법을 알려주었다. 처음부터 다시 배웠다. 매니저가 오히려 나를 격려해줬다.

"이제 이틀 하셨는데 당연히 서투르시죠. 상품가치가 없는 정도는 아니니까 너무 염려하지 마세요."

그 말에 조금 위로가 되긴 했지만 속상한 마음으로 일을 마무리

했다. 마스크를 쓰고 있는 것이 다행이라는 생각을 했다. 나도 모르게 짜증나고 화나는 표정을 들키지 않을 수 있어서 말이다. 괜히 뒷소리 듣고 싶지 않아서 팔리지 않았던 그 빵을 모조리 내 돈으로 사서 집에 왔다. 집에 와서 한입 베어 무는데 울컥 눈물이 나고 서러웠다. '내가 너무 쉽게 생각했구나. 해보지 않은 일인데 좀 더 신중할걸.' 이런 생각과 동시에 억울하기도 하고 사장님 탓을 하기도 했다.

마음을 추스르고 곰곰이 생각해보았다. '내가 빵집을 운영하는 사장이라면 어땠을까. 매출과 직결이 될 텐데. 직원 한명이 실수하면 그 타격은 온전히 주인이 책임을 져야 할텐데.' 그렇게 입장을 바꿔 생각해보니 사장님의 마음을 조금은 알 수 있을 듯 했다. 새로운 일을 해보고 싶다고 그렇게 말할 땐 언제고 금세 힘든 상황이 왔다고 마음이 이렇게 무너지다니. 나 자신에게 부끄러웠다. 예기치 못한 상황이었지만 내가 아직 일이 손에 익숙해지지 않아서 벌어진 일이니 편하게 생각하자고 스스로를 다독였다. 그리고 사장님께 문자를 보냈다. "사장님 제가 처음 해보는 일이라 아직 서투르네요. 열심히 배우면서 해볼게요." 사장님도 격려의 문자를 보내주셨다.

생전 해보지 않은 일이 맡겨졌을 때 도전해보자는 마음은 앞서지만 막상 두려움이 일어나기도 한다. 모든 일에는 샌드위치 속 재료들처럼 차곡차곡 순서가 필요하다는 것을 알았다. 지나가다 빵집에 진

열된 샌드위치가 보이면 예사로 보이지 않았다. 예전엔 손쉽게 돈을 주고 사먹는 똑같은 빵이었지만, 내가 만드는 일을 해보니 더 애착이 갔다. 내가 만든 빵이 고객들이 맛있게 먹는다는 생각에 으쓱해지고 뿌듯하기까지 했다. 작은 일이라도 정성을 다할 때 그 일은 가치 있는 일이 된다. 새로운 경험을 해보니 더 넓은 시야로 세상을 볼 줄 아는 힘이 생기고 있다. 내일도 나는 즐겁고 신나는 아르바이트를 하러 간다.

2. 마음의 작은 창을 만들다

모처럼 혼자만의 시간이 갖고 싶었다. 창이 넓은 카페에 앉아 노트북을 폈다. 차 한 잔의 여유와 나만의 감성에 젖어보고 싶은 날이다. 이틀 후면 스승의 날이다. 나와 함께 일하는 교사들에게 나의 진심을 담은 편지 선물을 주고 싶었다. 가족보다 더 끈끈해질만큼 많은 시간을 함께하는 사람들이다. 다른 직장에 비해 유아교사들은 아이들을 가르치고 학부모들과 가족 같은 유대관계를 맺게 되는 직업 특성이 있다. 우리가 주로 만나는 대상은 '부모'였다. 각기 다른 직업과 가치관을 가진 사람들이 부모가 되었을 때 아이를 키우는 양육방식 또한 다 다르다. 교사로서 아이들의 다양성을 존중하는 것도 중요하지만 부모들의 마음을 깊이 헤아려야 하는 노련미가 관건이다. 그래서 때때로 교사들은 감정노동에 시달린다. 애써 아이들을 가르치고도 학부모들과 친밀감을 높이기 위해 눈물겹도록 하루를 보내기도 한다. 그 고되고 힘들었던 일상을 누구보다 잘 알기에 교사들을 향해 넌지시 위로의 글을 써주고 싶었다.

많은 교사들 중 유난히 마음이 가는 선생님이 있었다. H교사가 그랬다. 졸업 전 교사가 되기 위해 실습기간을 거친다. H는 실습할 때 전혀 어렵거나 힘든 기색없이 밝고 활기찬 모습이었다. 교사로서의 경험은 없지만 여러 곳에서 아르바이트도 해보고 사회생활에 적극적인 편이었다. 그래서 교사로 채용했다. 그런데 막상 교사가 되고 보니 어려움을 느꼈던지 예전처럼 밝은 모습은 보이지 않았다. 왠지 모르게 마음의 그늘이 져 있는 것처럼 느껴졌다. 밝고 화사한 느낌은 온데간데없이 사라졌고, 우울해 보이기까지 했다. 아무래도 개별적으로 이야기를 나누어야 할 때인 것 같았다. 갑자기 계획에도 없던 면담을 혼자서만 하면 이상하게 생각할까봐 모든 교사들과 개별 면담을 했다. 맨 마지막으로 H를 불렀다.

"선생님 안 하는 일 하려니 힘들지? 아직 경험이 없어서 그렇지 조금만 시간이 지나면 괜찮아질 거야. 일하면서 힘든 점이나 어려운 일 있으면 이야기해봐 내가 도와줄게."

나의 질문에 갑자기 눈물을 보였다. 나는 속으로 애가 탔다. '도대체 무슨 일일까. 너무 힘들어서 일을 그만두려고 하는 걸까?' 그렇게 생각하는 내게 들려오는 말은 뜻밖의 말이었다.

"다른 건 하나도 힘들지 않은데 아이들과 대화하는 것이 무척 어렵게 느껴져요. 저 때문에 아이들에게 피해가 가면 어떨까 그런 생각 때문에 괜히 자신이 없어집니다."

보통 새내기 교사들은 아이들과 상호작용을 하는 것을 어렵게 생각한다. 그런데 경험이 쌓이고 시간이 지나면 저절로 아이들은 교사의 마음을 알고 따르면서 해결되는 일이다. 나에게 쉽사리 말을 꺼내지 못하고 주저하는 것이 느껴졌다.

"선생님 난 무조건 선생님 편이야. 그리고 개별 면담의 이야기는 아무에게도 이야기 하지 않아. 편하게 이야기해줘."

한참 뜸을 들이고 나서 그녀는 자신의 유년시절의 이야기를 털어놓았다. 엄마는 우울증과 약간의 장애를 가지고 있어서 어린 시절에도 엄마와 놀아본 기억이 거의 없다고 했다. 엄마와 마주 보고 도란도란 이야기를 나누는 친구들을 보면 부러웠다고 말했다. 남동생 한 명이 있었는데 동생도 누나와 똑같은 아픔을 느끼고 자랐다고 말했다. 할머니가 엄마를 돌봐줘야 하는 상황이고 아빠는 생계를 책임지러 아침에 나갔다 저녁 늦게서야 오시니 실상 부모님과 함께 한 즐거운 추억이 없었던 것이다. 그래도 그녀는 매사에 열심히 생활했고, 학교생활도 적극적으로 하고 용돈 벌어서 학비도 보태는 등 야무지게 사회생활의 첫 발을 내디뎠던 것이다. 밝음 뒤에 어두움이 있었던 것을 알았다. 아이들에게 어떻게 이야기를 건네고 어떻게 다가가야 할지 막막하다고 털어놓았다. 성품이 순수하고 착한 선생님이라 행여 '내 반 아이들이 나를 만나서 더 즐거운 유아기를 보내지 못하면 어떨까' 하는 두려움이 있었던 것이다.

가정환경 이야기부터 지금까지 부모님을 걱정하고 돌봐야만 하는 아픔들을 털어놓으면서 많이 울었다. 나는 조용히 들어주었다. 그저 눈물을 닦으라고 휴지를 건네기만 했다. 나는 선생님에게 솔직하게 이야기해줘서 고맙다고 말했다. 요즘 표정이 너무 어둡고 불안해 보여서 내가 뭔가 도울 일이 없을까 하고 면담을 하게 되었다고 하면서 손을 꼭 잡아주었다. 그렇게 진심으로 귀 기울여 선생님의 이야기를 들어주고 토닥거려주었을 뿐인데 그다음 날부터 표정이 달라졌다. 예전 처음 봤던 모습 그대로 밝고 활기가 넘쳤다. 다섯 살 반 주임교사는 "원장님 어제 선생님한테 무슨 약을 처방하신 거예요? 완전히 다른 사람이 되었어요."하며 깜짝 놀랐다. 그저 들어주고 말해줘서 고맙다고 안아줬을 뿐인데. '진심으로 누군가를 위로해준다는 것은 이런 거구나.' 생각이 들어서 나도 뿌듯하고 행복했다.

다음날, 나는 선생님의 책상 위에 편지를 올려두었다. 초콜릿 하나와 함께..

"선생님~ 오늘도 좋은 아침이야. 힘든 기억을 꺼내 주고 말을 해줘서 고마워. 그건 용기있는 일이야. 누구에게도 말하고 싶지 않은 아픔과 상처를 다시 떠올려야 하니까. 말하지 않으면 그 누구도 모르거든. 나를 어려운 직장상사라고 생각하지 말고 인생을 먼저 오래 살아온 선배라고 생각해봐. 그러면 어떤 힘든 위기가 오고 해결해야 하는 상황이 닥칠 때 언제든 털어놓을 수 있을 거야. 어떻게든 도울 수 있는 방법을 생각해 볼게. 면담 후 한결 밝아지고 예전 모습을 되찾아가는 것 같아 고마워. 마음을 꺼내놓고 나면 한결 가벼워지거든. 좋은 조언을 해줄 수 있는 원장님이 곁에 있으니 두려워말고 이제 앞으로 전진하는 거야 알았지? 오늘 하루도 우리 힘내서 아이들과 신나게 놀고 즐거운 기분으로 보내자~ 파이팅."

　나는 편지쓰는 것을 좋아한다. 누군가에게 내 깊은 마음을 전할 때 말보다는 편지가 훨씬 편하고 좋았다. 말보다 글은 써 보면 써 볼수록 사람의 마음을 녹여주는 절대적인 위력이 느껴지기 때문이다. 짧은 쪽지 안에도 내면이 보인다. 심지어는 자주 만나는 사람은 글씨체만 봐도 그 사람의 감정이 어떤 상태인지 알 정도이다. 예쁜 편지지나 엽서를 보면 다 사서 모으는 취미가 있다. 그 많은 편지지들은 교사와 학부모에게 고스란히 돌아갔다. 나의 내면을 솔직하게 다 들어본 편지 한 장이 누군가에게는 큰 위로와 기쁨이 된다고 믿기에 오늘도 소중한 사람들에게 편지나 문자로 소통하고 있다. 어둠 속에 빛나는 반딧불이처럼 살아 숨 쉬는 '희망'의 메시지를 앞으로도 계속 써 내려갈 것이다.

3. 단정 짓지 마라

"서류지원하신 김한송 원장님이시죠?"

낯선 전화번호가 울린다.

"면접진행을 하려고 합니다. 필요한 서류는 문자로 발송 드리겠습니다. 시간은 언제가 좋으실까요?"

"아, 네. 제가 연구소 시간에 맞추겠습니다. 편한 시간 말씀해주시면 가서 뵙겠습니다."

"그럼 월요일 오후 2시에 면접 진행 하겠습니다. 궁금한 점 있으시면 전화 주세요."

얼마 전 서류를 지원했던 위탁재단에서 연락이 왔다. 아이들을 가르치고 교사와 학부모와 소통하는 원장 역할에 충실했다. 아이들과 함께 했던 시간들이 소중했다. 내 젊은 시간을 모두 한 분야에서 최선을 다해왔다는 자부심도 있었다. 하지만 쉽지 않은 일이다. 세상에 쉬운 일은 없다는 것을 잘 안다. 무엇보다 내 안에 특별한 사명없이는 할 수 없는 일임에는 분명하다. 한 아이를 잘 키워내고, 한 가정을 살린다는 교육자로서의 마인드가 올바로 세워져 있어야 할 수 있는 일이다. 쉬는 동안 나 자신에게 묻고 답하는 시간을 자주 갖고 있다. 그 일을 하면서 나는 꿈을 갖게 되었다. 교사와 부모들에게 도움되는 강의를 준비해서 그들을 돕는 역할이다. 강사로서 설 수 있는 기회가 그렇게 많지 않다는 것을 안다. 내가 가야 할 곳이 어디인지 진지하게 생각해 보았다. 아이들이 보고 싶었다. 그러기 위해서는 일단 아이들이 있는 곳으로 돌아가야 한다. 내 안에 뜨거운 열정이 조금 식었을지는 모르지만, 다시 시작해 보고 싶다는 마음으로 서류를 지원했다. KTX를 타고 서울로 향하는 길이 낯설지 않다. 네 시간 가까이 걸려 버스를 타고 다니던 시절도 있었으니. 지금은 완전히 편안한 여행길에 오르는 것과도 같다.

초보원장 시절에 가장 나를 힘들게 했던 것은 다름 아닌 '교사'였다. 나를 믿고 따라주던 교사들도 있었지만, 열심히 하려고 하면 할수록 튕겨져 나가는 교사들이 더 많았다. 어떻게 하는지 보자 하는 고약한 심보로 지켜보던 수많은 눈이 밤마다 나를 짓누르고 괴롭혔다. 연륜과 내공은 하루아침에 만들어지는 것이 아니었다. 시간이 쌓여야 했다. 그땐 그걸 몰랐다. 열심히 하면 내 마음을 알아줄 거라 생각했다. 혼자 울면서 밤늦게까지 남아있었던 시간이 대부분이었다. 하루하루가 고되고 힘들었지만 내가 선택한 것에 혼신의 힘을 다해 집중하리라 마음먹고 다시 힘을 내던 그 시절. 힘들고 어려운 터널에 간혀있는 느낌마저 들었던 그때. 지금은 그 시간들이 그립다. 그만큼 경험이 쌓여 여유가 생겼다는 증거이기도 하다. 그 막막했던 시간들을 잘 견뎌왔기에 지금의 내가 있다고 생각한다. '다시 그 시간으로 돌아간다면 어떨까. 그때처럼 다시 시작할 수 있을까? 어떤 어려움도 다 감내하면서 씩씩하게 잘 견뎌낼 수 있을까?' 머릿속에 이런저런 상념들이 가득하다.

다시 용기를 내어 기회를 만들어보고자 멀리 면접까지 응한 나 자신이 자랑스러웠다. 이젠 이 일을 그만두어야 할까도 생각했다. 하지만 단언할 일은 결코 없었다. 예전 선배 원장님의 말씀이 떠올랐다.

"김 원장, 난 쓰지 않는 단어가 있어. 그건 바로 '절대로'야. 절대로 ~을 안하겠다. 절대로 ~을 해야겠다. 이런 말들은 자신을 오히려 강박으로 밀어 넣을 수 있거든. 결코 단언해서는 안 되는 일이 많다는 것을 배웠어. 시간이 지나니 경험 속에서 나도 배워지더라고."

늘 격려해주고 보듬어 주셨던 선배 원장님의 말씀이었다. 마음을 비우고 심호흡을 했다. 이력서를 내고 자기소개서를 쓰고 기타 서류까지 영락없이 나는 '취 준 생'이었다. 준비했던 PPT를 열어 간단명료하게 나를 소개하고 원 운영에 대한 소신을 설명했다. 연구소 대표님과의 1:1 면접이었다. 좋은 인연이 되기 위해 준비해야 할 것들을 설명해주셨다. 유치원에 근무했던 3년의 공백동안 어린이집의 시스템과 매뉴얼이 많이 달라져 있었다. 리더로서 좋은 이미지를 보이고 와야겠다는 목표만큼은 성공한 것 같다. 집에 돌아오는 KTX에서 그 동안 함께 했던 동료 교사들이 떠올랐다.

　감정노동에 시달리는 많은 직업들 중 하나가 '교사'라고 생각한다. 엄마가 되어보지 못한 새내기 교사들은 이론만으로 아이들을 가르치고 학부모를 상담하기에는 역부족인 상황들도 많기 때문이다. 나 또한 아이들을 직접 가르치고 현장에서 많은 시간을 교사로 지내왔기에 그들의 애로사항을 잘 알고 있다. 교사는 '하늘이 내린 직업'이라는 수식어가 붙을 만큼 아무나 할 수 없는 직업이라고 생각한다. 방법을 모르고 표현에 서툰 교사들과 지금껏 나는 함께 해왔다. 교사 때의 첫 마음을 언제나 그들에게 들려주고 보여주고 싶은 마음이 나의 식지 않는 '열정'이었다.
　누가 뭐래도 열심히 살았다. 누구나 그렇겠지만 나 자신을 돌아보면 그냥 주어진 일을 잘 감당하며 살아온 시간들이었다. 한 직장에 오래 근무한 것이 어떤 면에서는 칭찬받을만한 일이다. 포기하지 않았고, 더 잘 해내기 위해 최선을 다한 시간들이었다. 하지만 그 안전한 울타리를 벗어나고 나니 모든 것이 처음이고 낯선 환경이었다. 편하고 좋은 직장을 다닐 때는 몰랐다. 좋은 것을 알면서도 그 타성에 젖어 불평불만을 할 때가 종종 있었다. 그 직장이 천년만년 영원할 줄 알았다. 언젠가는 떠나게 되겠지 막연한 생각만 했을 뿐이었다. 함께 일하는 교사들이 나의 운영방식을 따라 주고, 신뢰가 생기기까지 마음 시리고 아팠던 기억들이 많다. 그래도 옳고 바른 일을 위해서 주저하지 않고 나의 소신을 밝힐 수 있고 소통할 수 있었던 시간들이 고마웠다. 무슨 일을 하든 시간이 필요하다. 오래도록 몸담은 직장 안에서 많은 시련과 아픔이 있었지만 지나고 보니 진심은 통한다는 것을 느낄 수 있었다.

함께 일하던 옛 동료들이 보고 싶고 그립다. 그녀들이 있었기에 지금의 내가 있음을 한시도 잊은 적 없다. 또 한 번의 기회가 주어진다면 늘 그랬듯이 교사들의 마음을 잘 어루만지고 육아에 어려움을 호소하는 부모와도 잘 소통할 것이다. 새로운 일도 내가 잘 해왔던 일에서부터 시작된다는 것을 이젠 몸소 느끼고 있다. 함부로 단언할 일은 아무것도 없다. 그저 오늘 내가 할 수 있는 일을 찾아 하면 되는 것이다.

4. 느린 걸음

요즘 걷기 운동을 꾸준히 하고 있다. 많은 운동이 있지만 그중에서 걷는 것은 기본 중에 기본 운동이다. 일단은 돈이 들지 않아서 좋다. 그리고 걸으면 걸을수록 나의 몸 안에서 나오는 에너지가 느껴져서 좋다. 마치 나 자신과 뜨겁게 교감을 하는 느낌이 든다. 산책과 걷기 운동은 다르다. 예전에 그냥 바람쐰다는 느낌으로 집 앞을 산책할 때는 느리게 걷고 이런저런 생각을 하게 된다. 내 경험으로는 그저 막연한 생각과 공상이 섞여 고민거리를 더 만들 때도 있었다. 하지만 걷기 운동은 내 몸에 더 몰입하게 된다. 다른 사람과 경쟁을 하는 것은 아니지만, 일정한 패턴대로 내 몸을 좀 더 움직여 심장 박동을 더 빨리 느낄 수 있게 된다. 그렇게 걷다 보면 복잡했던 생각은 사라진다. 온전히 나에게 더 집중하게 되고 눈앞에 보이는 사물을 탐색하게 된다. 바로 새로운 것을 보게 된다는 것이다. 늘 같은 생각, 같은 고민으로 나를 자책하고 못살게 굴었던 적이 많았다. 그런데, 걷기 운동을 하고부터는 내 안에서 긍정의 에너지가 분출되고 있음을 느낀다.

첫 책을 출판하기 위해 열심히 글을 쓰던 시절의 이야기다. 그저 내 이름으로 나온 책 한 권을 만들고 싶었다. 오로지 그것이 목적이었고, 그 이상도 이하도 아니었다. 글을 써본 기억이라고는 겨우 새해가 되면 예쁜 노트 하나 사서 긁적거렸던 것이 전부였다. 그것도 노트 끝까지 채웠던 적이 한 번도 없었다. 내가 마음이 내킬 때만 그저 기분이 좋을 때만, 혹은 감정이 너무 격해져 있을 때에만 대충 써두는 것. 그것이 전부였다. 그런데 다른 사람이 책을 펴내는 것을 보고 마냥 부러워서 나도 해보겠다고 출사표를 던졌으니 얼마나 바보 같은가 말이다. 주제를 정하고 처음으로 A4 한 장을 생각나는 대로 썼다. 나름 잘 썼다고 생각했다. 그런데 그 다음부터 아무 것도 생각 나지가 않았다. 기억 속의 회로가 온통 고장이 난 건지, 글을 쓰려고 컴퓨터 앞에만 앉기만 하면 뇌가 정지된 기분이었다. 내 머릿속의 지우개가 있는 건지 그야말로 '백지의 공포'였다. 내 글을 읽어보고 도움을 주셨던 작가님께 전화를 걸었다.

"작가님 글을 쓰려는데 생각이 나질 않아요. 그리고 목차도 순서를 바꿔서 써보면 어떨까요?"

작가님은 너무 당황해하셨다. 속으로 '아니 얼마나 썼다고' 아마 이런 말을 외치고 싶으셨을 듯하다. 한참을 내 고충을 듣다가 딱 한마디 하셨다.

"일단 쓰세요!"

아~ 나는 이 핑계 저 핑계를 구실 삼아 글을 쓰려고 하는데 잘 쓰지 못하고 있다는 그럴싸한 변명만 늘어놓았던 것이었다. 일단 써보고 부딪혀 보지도 않고 답답함만 느낀 내 모습을 발견할 수 있었다. 누구나 처음에 무엇인가를 접할 때 잘하고 싶은 욕구와 열정이 가득하다. 그런데 그 일을 얼마나 꾸준히 오랫동안 할 수 있느냐는 것이다. 그저 하얀 백지 위를 까만 글씨로 채우는 그 행위 자체가 어색하고 불편하고 더 솔직히 말하면 쓰기 싫은 마음이 있었던 탓이다. 책을 내고는 싶은데 글은 쓰기 어렵고, 글쓰기 어렵다는 보기 좋은 핑계가 있으니 한동안 내 안의 부정적인 생각들과 사투를 벌였다.

글을 쓰려고 마음을 먹고 잘 써보고 싶은 욕심이 생길 때 오히려 독서를 더 많이 하게 된다. 그때 필요한 실용독서를 했다. 내가 쓰는 글과 관련된 주제를 찾아 책을 몽땅 주문해서 필요한 만큼 밑줄을 긋고 책을 읽었다. 그 수많은 책들 중 내게 말을 걸어오는 한 문장이 있었다.

'생각이 다 끝나고 걸으려고 하지 마라. 걸으면서 생각을 해도 충분하다.' 이 말은 나의 성향과 일상을 대변해주는 딱 좋은 조언이며 충고였다. 항상 완벽하게 계획을 세우고 다음 그 다음 할 일까지도 머릿속으로 계산해서 정리하는 스타일이었다. 내가 부족한 부분이 어떤 점인지 알기에 실수하지 않기 위해 해야 할 업무가 있을 때 완벽하게 동선을 짜고 계산을 했다. 그렇게 하지 않으면 벌어지는 일들까지 철저하게 생각정리를 했다. 그리고 내 계획과 생각대로 실행이 되지 않을 때 나는 혼자 자책하고 실망하기를 반복했었다. 사람이 타고난 기질이나 성향은 완전히 버리지 못하지만 그래도 글 한 줄을 통해서 나를 발견하고 변화하려고 하는 의지는 누구에게나 있다. 나도 그랬다. 나는 늘 생각을 다 마치고 걸으려 했었다. 걸으면서 생각을 해도 되는 것이었다. 행동으로 바로 옮기는 것은 중요한 힘이라는 것을 알았다.

이 세상에 완벽한 존재는 없다. 다만 내가 살아가고 있는 순간순간들을 아름답게 채우기 위한 노력이 있을 뿐일 것이다. 평소 생각과 공상이 많았던 나는 그 한 줄의 문장으로 인해 의식적으로 나를 바꿔가는 노력을 했다. 어떤 프로젝트가 있다면 70% 정도까지만 가닥을 잡고 나머지는 함께 일하는 동료들과 만들어가는 것이다. 어차피 여러 사람들의 의견을 반영하고 들어주는 리더였으니 그렇게 완벽히 생각을 다 끝내려고 했다는 자체가 정말 어리석었다는 것을 깨달으며 무릎을 탁 쳤다. 걷다가 생각나는 것이 있으면 메모하고, 생각하다가 그 생각이 꼬리에 꼬리를 물어 더 혼란스러울 때는 걸으면 된다. 머릿속에 있는 많은 생각들을 한꺼번에 정리하는 것은 어렵다. 이래서 책을 읽어야 한다.

'생각'이라는 보이지 않는 불투명한 실체는 우리 인생과 참 많이 닮아있다.

좋은 생각이 아이디어로 연결되어 뭔가 열정이 솟구칠 때도 있지만, 부정적인 생각들이 가득해 마음만 더 복잡하게 꼬일 때가 있기 마련이다. 나의 인생도 나의 생각에서 비롯된다. 지나치게 몰입하는 생각은 때때로 나를 더 무겁게 만들 때도 있다. 생각하며 동시에 걷는 것은 우리의 삶에 '여유'를 선물해 주지 않을까?

5. 인정하면 쉬워진다

 초복이 지나고 중복이 지났다. 1년 중 가장 덥다는 대서도 지났다. 올여름 삼계탕을 아직까지 못 먹었다. 요즘 식당에 가기도 그렇고 오랜만에 집에서 닭을 삶아먹기로 하고 장을 봤다. 토종닭 한 마리와 국물을 내는 삼계탕용 약재, 통마늘과 대파도 샀다. 오랜만에 집에서 하는 음식이라 맛있게 성공하고 싶었다. 유투브를 열었다. 검색 창에 '삼계탕 끓이는 방법' 이렇게 치니 요리연구가부터 시작해서 일반인이 올려놓은 영상이 수두룩했다. 이왕 먹는 거 녹두를 넣으면 더 맛있다는 말을 듣고 당장 마트에 가서 비싼 잡곡 녹두 한 봉지를 사왔다. 큰 찜통에 토종닭 한 마리를 넣고 한 시간 이상 푹 삶았다. 집에 있는 굵은 소금 천일염을 함께 넣었다. 기대 잔뜩 하고 닭을 건져서 먹었다. 맛있었다. 간도 딱 배어있고 고기가 질기지도 않았다. 불려놓은 찹쌀과 녹두를 넣어서 죽을 끓였다. 문제는 여기서 부터였다. 녹두는 단단해서 하루전날 미리 불려놓았어야 했다. 한참을 끓이고 나서야 어느 정도 익은 것 같아 죽을 담아서 먹어보는데…

 "엄마 죽에 뭐 넣었어? 돌멩이야? 뭐야 이거? 안 씹히는데?"

아들이 오만 인상을 찌푸리며 말했다.

"녹두는 하루 전날 미리 불려놨다가 넣어야 하는 거 아냐?"

남편까지 거들었다. 그렇지 않아도 민망하던 참인데 날 더운 날 이게 무슨 고생인가 싶어서 짜증이 확 밀려왔다.

'아니 더운 날 식구들 먹이겠다고 아침부터 부지런 떨어 마트 가서 음식한 사람 성의를 생각해야지. 다들 왜 저렇게 말해? 그렇게 잘하면 직접 끓여보든가' 내 속마음은 더운 날씨만큼 부글부글 댔다.

다 먹고 치운 다음 나는 딱 한마디 했다.

"앞으로는 나가 사먹자."

글쓰기 수업을 꾸준히 듣는다. 벌써 3개월 째. 매주 수요일과 목요일 저녁 아홉시. 다른 일 다 제쳐두고 온라인 강의를 듣는다. 처음엔 줌으로 강의를 듣는 것이 어색했지만 오히려 지금은 더 집중할 수 있어서 좋다. 수업과 글쓰기를 병행하니 훨씬 마음도 안정되고 글을 쓰는 것 자체가 즐거웠다. 무엇보다 꾸준히 들을 수 있는 시스템이라서 동기부여가 된다. 올해 안에 출간하는 것을 목표로 두었기에 더 열심히 들었다. 이미 책을 출간한 작가들과 초보 작가 모두 함께 듣는 수업은 문장수업이다. 말 그대로 문장을 매끄럽게 쓰는 방법을 배우고 익힌다. 초보 작가들의 초고가 수려한 문장으로 변신하는 순간이다. 수업을 진행하는 작가님은 그 자리에서 문장을 수정하고 다듬는다. 그리고 수강생들에게 글의 문맥이나 흐름을 잘 인지할 수 있도록 구체적인 수업을 제시해준다. 수강생들은 수정되는 과정을 숨죽여 지켜본다. 우리의 귀에는 자판 소리만 명쾌하게 들릴 뿐이다. 오전에 보내주신 예시자료를 봤다. 자세히 보니 내가 쓴 초고 글도 있었다. 가슴이 두근거렸다. 전혀 수정되지 않고 정리되지 않은 문장이라서 더 초조했다. 한편으로는 내가 쓴 글과 작가님이 수정해주신 글이 어떻게 다를지 기대도 되었다.

다섯 개의 문단을 수정하는데 내 글은 세 번째 있었다. 오직 글을 수정할 뿐이지만, 막상 내가 쓴 글을 예비 작가들과 함께 지켜보는 것은 처음 있는 일이어서 심장이 계속 뛰었다.

"이 글을 쓰신 작가님은 책이 출간 된 뒤에 어떻게 감당하시려고 이런 무모한 글을 쓰셨나요?"

강력한 경고였다. 순간 쥐구멍이라도 있다면 들어가고 싶은 심정이었다. 내가 쓴 글인지 다른 사람은 전혀 모르고 수업을 듣기 때문에 표정관리도 중요했다. 아 수업을 어떻게 듣고 마쳤는지 기억도 안 난다. 솔직하게 쓰지 않고 과거의 좋지 않았던 감정에 치우쳐 쓴 글이 문제였다. 어떻게 풀어가야 할지 난감해서 그냥 긁적거려놓고 나중에 고민해봐야지 하던 참이었다. 다시 읽고 분석 해봐도 내 감정이 많이 실려있는 글이었다. 자칫 잘못하면 독자들의 타깃이 되어 작가가 책임질 수 없을 만큼 파장이 일어날 수 있다고 설명해주셨다. 작가가 쓴 글은 독자들 대부분이 공감하고 이해할 수 있는 내용이어야 한다. 그런데 마치 내 이야기가 정답인 것처럼 단언하고 근거없이 치우쳐 진 글은 세상에 내놓을 수 없다고 했다. 자판을 두드리고 막 쓰다 보니 비문이 생긴 것이다. 수업이 끝나고 내가 쓴 그 목차 글을 다시 바라보았다. 답답했다. 한숨이 났다. 그리고 화가 치밀어 올랐다. 즐거웠던 글쓰기가 두려워지기 시작했다. 첫 책을 내놓을 때 느꼈던 불안감이 다시 시작되었다. 그 수업을 받고 난 후 사흘 동안 집중이 되지 않아 글을 쓰지 못하고 멍 때리기만 반복했다.

닭죽을 먹은 것 같기도 하고, 안 먹은 것 같기도 했다. 내 불편한 감정 때문이었다. 먹고 정리한 다음 내 방으로 들어와서 내 기분이 왜 속상한 건지 차분하게 생각해 보았다. 결국 인정하지 못한 탓이었다. 나는 요리 전문가도 아니었고 늘 일하기에 바빠서 요리를 꾸준히 하지 못했다. 그냥 그거였다. 잘 만들어 먹이고 싶은 마음과 뜻대로 잘 익지 않은 녹두는 그저 팩트에 불과했다. 그냥 받아들이면 되었다. 자꾸 있는 그대로의 사실과 그 사실에 비추어진 나의 감정 사이에서 기분대로 움직이는 나를 다시 보게 되었다. 글을 잘 쓰고 싶었지만 아직은 한참 배워야 할 때이다. 전문가도 아니고 한권의 책을 썼다고 해서 그것이 전부는 더더욱 아니었다. 그냥 아직은 매끄럽게 글을 쓸 수 있을만한 실력이 되지 않은 것뿐이다. 그 사실을 인정하면 그만이었다. 인정하지 못하고 자기감정에 빠져 기분을 망치고 감정소모를 했던 것이다.

살면서 나도 모르게 욱 할 때가 있다. 감정에 예민해지는 것이다. 상황과 감정은 분명 다른데 순간 분리하지 못하고 부정적인 감정에 쑥 빠져있을 때가 있다. 시간이 조금만 지나고 생각해보면 온전히 받아들이지 못할 때가 있었음이 인정된다. 모든 문제를 내 안에서 찾아보면 금세 해결할 수 있는 실마리가 보인다. 하지만 자책은 금물이다. 가만히 내 감정을 들여다보고 애써 알아줘야 한다. 그래야 제자리를 찾을 수 있다. 또 그런 상황은 반복될지도 모른다. 하지만 나의 감정을 들여다보는 연습을 하다보면 일상에서 일어나는 일들은 가벼워질 것이다.

6. 날것 그대로를 쓰자

국어국문학과에 가고 싶었다. '국어' 과목은 늘 어려웠고, 지문을 해석하는 일은 힘든 과제였다. 그럼에도 나 스스로 글에 대한 감각이 있다고 생각했다. 누군가 인정해주는 것은 아니었지만 내 느낌은 글을 읽고 의미를 잘 파악하고 있다고 느꼈다. 무슨 자신감이었는지 모르겠다. 책을 열심히 읽은 것도 아니고 문제의 핵심을 정확히 꿰뚫은 것도 아닌데, 그냥 국어 과목을 공부하는 것이 싫지 않았다. 그렇다고 글의 감각이 있는 것과 시험성적과 비례하는 것은 절대 아니었다. 글을 읽고 해석하는 것을 한 번도 배우지 않았지만 문학은 왠지 깊이 있어 보이고 멋져 보였다. 대학에 가서 전문적으로 공부를 한다면 책도 많이 읽고 신비하고도 과학적인 우리의 언어를 공부할 수 있지 않을까 생각했다. 하지만 현실은 점수에 맞춰 원하지 않는 학과에 지원해야만 했다. 내가 언어를 공부했더라면 지금의 내가 있었을까? 지금처럼 글을 쓰고 책을 펴고 싶은 꿈이 생겼을까? 막상 대학에서 공부하는 것들이 일상 속에서 충분히 활용되고 쓰임이 있었을까? 생각해보면 글쎄. 아마도 지구력이 약한 내가 금세 싫증을 냈을지도 모른다는 생각을 해본다.

2015년에 첫 책을 출판했다. 내가 열심히 글을 쓰고 퇴고 과정도 거치긴 했지만 출판사를 운영하고 있는 작가님이 많이 지도해주셨다. 내 이름으로 책을 내고 싶었다. 조앤 롤링의 책처럼 첫판에 내 책을 사람들이 읽어주고 베스트셀러가 되고 싶다는 쓸데없는 욕심은 아예 없었다. 그저 내가 살아오면서 하고 싶은 말들을 쏟아내고 싶었고, 삶의 여러 경험들을 종이 위에 옮겨보고 싶었을 뿐이다. 그리고 책을 내기까지는 주위에 열심히 공부하고 삶의 변화를 원하는 동료 원장님들이 있었기에 가능했다. '갈매기의 꿈' 여섯 명의 꿈 지기였다. 광주, 대구, 안산, 울산. 대전 등 전국 각지에서 유아교육 기관을 운영하면서 동시에 늘 교육에 적극적이었던 선배님들이기도 했다. 항상 에너지가 넘치고 완벽하게 추진하는 안산의 김영란 원장님이 우리들 중 첫 책을 펴냈다. 그녀의 출판기념회에 참석했다. 원장님이 예쁜 벽돌을 쌓아 올려 아이들의 보금자리를 만들고 아이들을 교육한 지 20주년이 되어 그 기념으로 책을 출간했다. 멋진 공연과 함께 스케일이 큰 무대에서 제대로 된 출판기념회를 했다. 감회가 남다르실 것 같았다. 원장님은 많은 사람들에게 축하를 받았다. 특히나, 첫 회 졸업생들이 어엿한 성인이 되어 영상으로 축하 메시지를 보낸 것은 뭉클한 감동이었다. 집으로 돌아오는 내내 가슴이 먹먹했다. 부럽기도 하고 나도 글 쓰는 사람이 되고 싶었다. 확실히 동기부여가 되었다. 어떤 글을 쓸까 고민하고 써내려가기 시작했다.

《행복의 길을 여는 위대한 유산》이라는 첫 책은 나의 부모에게서 받은 훌륭한 유산을 담담히 풀어낸 자전적 에세이다. 나의 삶을 돌아보면 '나는 왜 이 정도밖에 안될까. 왜 나는 이렇게 적극적이지 못할까' 하는 자괴감과 열등감이 심할 때가 많았다. 하지만 그 덕분에 항상 배울 수 있었다. 배우고 또 배워도 한 단계 발을 내디딜 때는 역시나 두려움이 강했고, 나의 불안과 맞서야 했다. 그럴 때는 다시 배우고 책을 읽었다. 그리고 나 자신에게 괜찮다고 넌지시 말을 건네주곤 했다. 글을 쓰는 행위 자체가 좋았다. 내가 글을 잘 써서 완벽한 작가의 감성이 나오는 사람이어서 글을 쓴 건 절대 아니었다. 오히려 쓰면 쓸수록 내가 글에 대한 감각이 뛰어난 사람이 아니라는 사실만 경험했을 뿐이었다. 하지만 한 가지 짚고 넘어갈 점은 결정적일 때 강한 힘이 나오는 나의 장점이 있었기에 포기하지 않고 끝까지 책을 펴낼 수 있었다. 쓰면 쓸수록 잊고 살았던 추억들이 새록새록 떠올랐다.

나도 출판 기념회를 열었다. 많은 선후배와 회사동료들 그간 사회생활을 알게 된 많은 사람들을 초대했다. 그때 참석해준 많은 분들에게 한 말을 기억하고 있다. '더 좋은 글을 써서 많은 사람들에게 유익을 주는 사람이 되겠습니다.'고 다짐했었다. 그런데 책을 한 권 펴내고 나니 진짜 작가가 된 것처럼 으쓱해지기만 하고 해야할 일을 다 한 사람처럼 느긋해졌다. 책을 펴낸다는 단기간의 목표만을 두고 글을 썼기에 그러했을 것이다. 벌써 6년이라는 시간이 흘렀다. 그 시간 동안 열심히 글을 쓰지 않고 긁적거리기 수준으로 핸드폰 노트에 담아놓은 몇 십 편의 자작시와 일기 등이 전부였다. 두 번째 책을 펴내고 싶다는 강렬한 욕구가 솟아나 열심히 글을 쓰고 있는 요즘. 내가 왜 글을 쓰고 있는지, 나는 어떤 작가가 되어 어떤 이야기들을 독자들에게 들려줄 수 있는지, 작가로서의 삶을 산다는 것은 어떤 의미인지, 나에게 끊임없는 질문을 던져봤다. 읽기보다는 쓰기가 더 좋았다. 단순히 독서를 즐기는 것보다 쓰기 위해 실용독서를 하고, 쓰다 보면 나도 모르는 글감이 떠오른다. 세상 사람들에게 전하고 싶은 공감과 위로의 메시지들. 소박하지만 특별한 언어가 나의 손끝에서 만들어질 수 있음을 믿고 써 내려간다. 글은 매일매일 꾸준히 써내려갈 때 비로소 작가로서의 영감이 샘솟고 쓸 소재거리들이 무궁무진하다는 것을 실감한다. 세상 사람이 다 알고 있는 뻔한 이야기 말고 작가의 살아온 이야기들을 독자들은 훨씬 궁금해할 것이다. 내가 보는 세상의 맛과 느낌을 글로 표현해 간다는 것은 참 멋진 일이다.

  잘 쓰려고 꾸며 쓰지 않아도 나의 경험을 통해 누군가 돕는다는 마음으로 있는 그대로 솔직하게 써 내려가는 것이 가장 좋은 글임을 쓰면서 느끼고 있다.

세상에서 가장 긴 길이는 '머리에서 가슴'이라고 했다. 머리로 생각한 것들을 가슴으로 느껴 실천하기까지 무수히 많은 시행착오를 거치게 된다. 시도하다가 포기하고 또 다시 시작한다. 나를 비롯한 보통 사람들에게 던지는 중요한 메시지라고 생각한다. 마음만큼은 이미 작가로서 글 쓰는 삶을 지향하고 있었다. 나의 손끝에서 수많은 자음과 모음의 조합이 의미 있고 가치있는 하나의 문장으로 완성될 때 희열을 느낀다. 세계 거장들의 기가 막힌 글 역시 나와 같은 초보 작가들의 시절을 거쳤을 것이다. 손가락이 무디어지도록 쓰고 또 써서 많은 기록물들이 모아졌을 때, 내가 그토록 원하고 갈망했던 나의 언어가 사람들의 가슴을 뛰게 만들 것이다. 변화가 필요한 사람들의 생각이 행동으로 옮길 수 있도록 좋은 영향을 끼칠 수 있는 글을 써야겠다. 그러기위해서는 매일 매일 나의 일상을 기록으로 옮기는 것부터 실천해야 한다. 쓰다가 또 멈출지도 모르지만, 나의 값진 경험을 나눌 수 있는 한 문장을 만나러 가야겠다.

7. 10년 후의 내 모습

"삶의 핵심은, 그것도 긍정주의자로 사는 삶의 핵심은 아직 최상의
미래가 도래하지 않았다고 믿을 정도로 순진해지는 것이다."

- 피터 유스티노프 -

저 글을 천천히 한참동안 생각하며 읽어보았다. 어떤 글도 해석을
어떻게 하느냐에 따라 내 삶에 미치는 영향은 더 커지게 마련이다.
우리는 나도 모르는 사이 어른이 되고 새로운 것들을 늘 처음으로
경험하며 살아왔다. 어렸을 때 어른들이 했던 말이 생각난다. 신나게
뛰어노는 아이들을 보고서 '저 때가 좋을 때지.' 하고, 살아온 시간들
을 회상하면서 '그래도 그때가 참 좋았었지.' 이렇게 말씀하시는 것
을 많이 들었다. 그런데, 나이 오십이 넘고 내 삶을 돌아보니 어느새
나도 어른이 된 걸까. 지나온 날을 떠올리며 '아, 그땐 그랬었지. 힘
들게 느껴졌지만 그래도 그때가 참 좋았지.' 나도 혼잣말로 중얼거리
고 있을 때가 있으니 말이다. 왜 우리들은 하루하루는 힘들다 말하면
서 지나온 과거의 시간들을 더 그리워하는 걸까. 삶의 핵심에 대해

주장하고 있는 저 글귀 속에서 나의 하루를 진지하게 생각해보았다.

살면서 가장 최고의 날이라고 꼽히는 날이 있을까? 과거의 어떤 날일 수도 있고, 미래의 어떤 날을 상상하면서 그날을 위해 열심히 살아가는 사람들도 있을 듯하다. 인생의 최고의 날은 정말 어떤 날일까. 보통은 남에게 자랑할 수 있고, 남이 가지지 못했던 것들을 갖고 무언가 큰 보물을 쟁취했을 때, 또는 죽을 때까지 결코 잊지 못할 감사와 후회가 스크랩되는 과거가 떠오를 것이다. 그러나 나는 인생을 되돌아보아도 다이내믹하게 도전적으로 살지 못했다. 그저 평범하게 보편적인 기준에서만, 허용된 범위에서만 살아왔다. 아마 사소한 일상도 무딘 감정으로 날려 보냈을지도 모르겠다. 그래서 나의 최고의 날은 다가오지 않은 날, 곧 다가올 미래에 있다.

"과거에 겪은 모든 실패와 좌절이 지금 내가 한 차원 다른 삶을 즐겁게 살아갈 수 있는 지혜를 얻는데 훌륭한 기반이 된다." 최근 읽은 책 중 앤서니 라빈스의 《네 안에 잠든 거인을 깨워라》에 적힌 이 한 문장이 내 가슴을 흔들었다. 내 삶을 돌아보면 거대한 실패나 큰 좌절은 없었다. 다시 말해서 거대한 도전을 하지 않고 살았다는 뜻도 된다. 수많은 실패를 경험한 사람들은 다시 넘어지지 않기 위한 노하우를 배웠을 것이다. 나는 그동안 무엇을 도전했을까.

오늘은 중요한 수업이 있는 날. '자이언트 북 컨설팅'에서 매주 목요일 저녁 9시부터 한 시간 넘게 문장수업을 진행한다. 예비 작가들의 초고를 다듬고 서로 공부하는 시간이다. 다른 사람의 글을 보면서도 내가 쓴 글이 떠오른다. 말도 안 되는 초보글쓰기 실력을 유감없이 발휘하는 내 모습이 어이가 없어서 웃음이 나기도 한다. 미리 사전자료를 주신다. 나도 작가님처럼 폼 나게 잘못된 부분을 추려내고 고쳐보려고 안간힘을 써본다. 하지만 수업시간에 작가님 손끝에서 변신되는 문장들이 날개를 달고 멋진 공감의 글로 바뀔 때면 혀를 내두르면서 배워야 할 것들이 많음을 인정한다. 아직 어떤 부분이 서툴고 수정해야 하는지 정확히 모르지만, 처음 수업을 들었을 때 보다는 조금씩 보이고 들리기 시작한다. 글쓰기 수업을 듣고 다시 마음을 다잡고 글을 써보는 순간이 도전이고 희망이 되었다.

마음과 몸이 따로따로다. 마음은 하고자 하는 분야의 열정이 넘치지만 실제 나의 행동은 훨씬 미치지 못하고 있다. 그럴 때 책을 읽는다. 꿈을 갈망하고 간절하게 한 계단 한 계단 오른 사람들의 자신과 타협하지 않는 결단과 용기의 모습이 가득했다. '어쩌면 저렇게 자기관리가 철저할까' 책장을 넘기면서 공감되는 부분을 접고 밑줄 그어가면서 정신이 바짝 차려진다. 자기신념이 강한 사람들. 어떻게 살겠다는 자신만의 가치관을 위해 노력하는 사람들. 성공하는 사람들의 대부분은 타인을 돕기 위한 선한 마음으로 같은 방향으로 나아갔다는 것이다. 그러기 위해서는 나의 정체성을 확립해야 한다. 내가 나에게 하는 말에 귀 기울여야 한다.

항상 나는 뭔가 도전해보고 저지르지도 못하면서 '후회'라는 틀에 갇혀 나 자신을 더 많이 믿어주지 못했다. 가르치는 일을 25년 넘게 하다가 문득 내가 치열하게 지키려고 했던 것이 무엇인지 혼돈과 방황이 오기 시작했다. 언제나 다른 사람의 기준에 완벽하려 했던 과거의 내 모습을 본다. 내가 아닌 타인의 기대에 어긋나지 않기 위해 열심히 달려온 삶이었다. 내가 원하는 것이 무엇인지 모른 채 달려왔다. 어쩌면 알고 있지만, 포기해야 하는 많은 것들이 두려워서 방치하고 있었을지도 모른다.

나에겐 오래전부터 가슴 뛰는 꿈이 있다. 나의 가치관을 전달하고 다른 사람의 유익을 위해 영향력을 펼칠 수 있는 사람이 되는 것이다. 미래의 내 모습은 어떤 모습일지 상상해본다. 지금부터 10년 전에도 10년 후의 모습을 상상했었다. 하지만 돌아보면 특별히 달라진 것은 없었다. 언제나 계획과 다짐만 했을 뿐, 내가 원하는 글쓰기와 강의하는 일에 적극적으로 달려들지 못했다. 주저하고 포기하고 다시 자책하기를 반복했다. 이젠 10년 후 아니 몇 달 후라도 달라질 것이라고 다짐하지 않는다. 이미 나의 삶은 어제보다 오늘이 더 나은 날이 되었다고 결단했다. 어제 쓴 글 보다 오늘 쓴 글이 완전히 더 기대되는 것은 아니지만 쉬지 않고 매일 꾸준하게 글 쓰는 삶을 향해 가고 있다는 점이다. 어제보다 오늘 더 나의 하루가 긍정적이고 최상의 기분으로 유지될 때, 나의 최고의 날은 곧 다가오리라 확신한다. 그 날의 핵심은 나를 내가 더 인정해주고 기다려주는 날이 될 것이다. 글을 쓰면서 나를 가로막는 것은 오로지 '나 자신'뿐이라는 것을 더 알게 되었다. 그저 오늘 하루도 최선을 다해 꾸준히 가면 되는 것이다. 10년 후의 나에게 부끄럽지 않은 지금을 사는 것. 그것만이 지금 내가 할 수 있는 일이다.

다시 책을 펴 든다.

8. 인생은 속도가 아니라 방향이다

　현재를 살아가고 있는 우리들은 언제나 바쁘다. 나의 생각을 차분히 정리할 시간은 항상 없다. 시간에 쫓기고 일에 쫓기며 늘 바쁘게 지낸다.

　'너는 오늘 무슨 생각을 했어?'

　'오늘 하루는 어떻게 보낼 거야?'

　'내 이야기 좀 들어줄래?'

　'나 사실 지금 좀 쉬고 싶은데 어디 가는 거야?'

　나 자신이 걸어오는 말이다. 오랜 시간 동안 나와 마주할 틈이 없이 지나쳐 왔다. 가장 중요한 나의 내면과는 점점 멀어지면서도 다른 사람의 사소한 말 한마디에는 수없이 흔들린다. 바쁘다 하면서도 다른 사람이 나를 어떻게 보고 평가할 것인지를 생각하며 언제나 날카롭게 신경을 곤두세웠다. 언제부터였을까? 왜 나 자신과는 점점 멀어져 가는 것일까. 내가 내 삶의 주인공인데 이미 나의 속에는 다른 것들로 가득 차 있다.

25년 동안 쉼 없이 일했다. 아이들을 가르쳤고, 사람들을 이끌어 가는 리더의 자리에 있었다. 집에 돌아와도 머릿속에는 오로지 일 생각뿐이었다. 어쩌다 가끔 휴가가 주어져도 그다지 즐겁지 않았다. 책임이라는 굴레에서 벗어나고 싶기도 했지만 멈추고 나를 돌아볼 여유조차 없었다. 지치기도 하고 반복되는 일상이 힘들었지만, 살아오던 대로 그냥 살면 괜찮아질 줄 알았다. '사는 게 다 똑같지 뭐. 누구는 얼마나 편하게 살고 있겠어?' 속으로 힘든 상황을 애써 외면하며 나를 바라보는 것을 회피했다. 다른 사람의 생각에 더 많은 초점을 맞추고 살아왔다. 교사들이 힘들다고 하소연하면 들어주고 조언해 주었다. 항상 건강한 척, 씩씩한 척, 잘살고 있는 척 애써 참고만 살았다. 완벽한 사람인 줄 착각하고 살아왔다. 그렇게 살지 않으면 실패하는 삶이라고 수군거릴 것만 같았다. 다른 사람이 나의 인생을 다 살아줄 수 있는 것도 아닌데 그땐 몰랐다.

어느 날 문득. 내가 나에게 말을 걸어오기 시작했다. 아니 오래전부터 걸어왔을 테지만 그 말이 들리기 시작했다. 한 번쯤은 너를 위해 살아보지 않겠느냐고. 다른 사람의 인생을 대신 살지 말고 오로지 너를 위한 시간을 갖지 않겠느냐고.

'삶은 속도가 아니라 방향이다.' 제목이 너무 그럴싸하고 멋져 보여서 꽤 오래전(약 8년 전)에 읽은 책이다. 무작정 앞만 보고 달려온 나에게 선물같은 말이었다. 그중에 나를 사로잡는 한 문장. "나는 천천히 가는 사람입니다. 그러나 뒤로는 가지 않습니다." 아브라함 링컨이 한 말이 책에 적혀 있었다. 그 글귀를 읽자마자 나는 빨리 가고, 다시 돌아가고, 뒤로 가고, 더 빨리 가고를 반복하는 사람이었다는 것을 깨달았다. 정확한 목적지도 모른 채 그저 똑같은 일상에서 불평만 하는 사람으로 살고 있다는 것도 알게 되었다. 하지만 사람은 습관이 무섭다. 무의식적으로 나를 이끌던 거대한 힘에 꼼짝 못하고 다시 나 자신을 몰아붙이는 반복되는 일상을 살기 시작했다. 불과 한 달도 채 안돼서 말이다. '책은 어디까지나 책이지. 내 인생에 무슨 도움이 되겠어.' 부정적인 생각은 다시 내 삶을 잡았다. 나의 내면의 이야기에 귀 기울일 틈도 없이 늘 '바쁘다'를 입에 달고 살았다. 마치 쉴 새 없이 바쁘면 더 열심히 사는 사람이고 더 괜찮은 인생을 살고 있는 것처럼 착각하면서 말이다.

8년 후인 지금. 드디어 어디로 가야 할지 보이기 시작했다. 내 삶의 여정에 잠시 쉬어가는 지혜는 나와 내 꿈을 살리는 큰 축복이라는 사실을 알았다. 그리고 행동으로 옮겼다. 사직서를 제출하고 그냥 냥 쉬기로 했다. 스트레스로 인해 망가진 몸과 마음을 고치기로 했다. 모든 것을 멈추고 나의 하루하루를 관찰하기 시작했다. 내가 무엇을 좋아하고 무엇을 사랑하는지. 어떤 일을 할 때 가슴 뛰었는지. 내가 나로서 사는 것이 어떤 의미와 가치가 있는지. 하얀 백지 위에 적어보았다. 지금의 내 마음 상태를, 온통 상처뿐인 내 가슴속 이야기들을…

글쓰기와 운동을 시작했다. 쉽지 않았다. 매일매일 꾸준한 반복의 힘이 얼마나 위대한 지는 책에 나와 있는 내용일 뿐. 내 삶에 적용하는 일은 힘들었다. 아무런 준비없이 글을 써야지 하고 노트북 앞에 앉으면 글이 술술 나올까? 준비없이 높은 산에 오르는 것과도 같을 것이다. 마음만 앞섰지 여전히 나는 거창한 성공과 눈앞에 보이는 대단한 것을 단시간에 거머쥘 수 있을 줄 알았던 것이다. 누구라도 한 번쯤은 경험했을 것이다. 목표와 계획에 모든 것을 다 쏟아 붓고 첫날 열심히 달리다가 힘들어서 바로 다음날 '내가 그렇지 뭐. 이걸 어떻게 꾸준히 하지? 역시나 난 안 돼!' 이런 부정적인 마음이 밀려왔다. 또다시 나를 자책하고 몰아붙이려고 하는 내 마음을 보게 되었다. 거창한 목표보다는 오늘 하루 잘 견딜 수 있는 나만의 루틴을 만들어 봐야겠다고 다짐했다. 매일 아침 15층 계단운동을 했다. 숨이 턱 끝까지 차올랐지만 멈출 수 없었다. 나와의 약속을 태어나서 처음으로 지켜야겠다는 굳은 의지가 생겼다. 다음날 15층 오르기를 두 번 도전했다. 똑같이 힘들었지만 과거의 나를 딛고 다시 일어선 것 같은 느낌이 기분 좋았다. 더 이상 과거의 나로 돌아가고 싶지 않았다. 1주일이 지난 다음 15층 오르기를 4회 반복했다. 숨이 차오르고 허벅지가 조여 오는 약간의 고통을 즐기기 시작했다. 그리고 한 달을 채웠다. 또한, 매일 저녁에는 한 시간 걷기 운동을 했다. 전혀 힘이 없었던 다리에 근력이 붙기 시작했다. 아무것도 아닌 일인 것 같지만 나만의 루틴을 만드는 데 성공했다. 다른 사람과 경쟁하는 것이 아니라 나 자신과의 경쟁에서 더 당당해질 수 있었다. '아, 이런 게 마음 근력이구나.' 생각과 마음이 꼿꼿이 펴지고 더 이상 움츠려 들지 않았다. 온전히 나를 만나는 시간이 단단한 삶의 근육을 붙여주었다. 가슴이 뛰기 시작했다. 내가 더 단단해지고 있음이 느껴졌다. 지금 이런 나의 마음을 알아주고 격려해줄 수 있는 것은 오직 책이었다. 독서를 시작했다. 한 문장 한 문장을 내 삶에 적용해 보기 위해 독서노트를 썼다. 그리고 나의 글을 써보기 시작했다. 세상이 인정하는 내가 아니라 나 스스로 나를 인정해줄 수 있는 글을 썼다. 그러다 보니 아낌없이 솔직하게 나를 드러낼 수 있었다. 다른 사람보다 잘하지 못한 나도, 어설프고 완벽하지 않은 나도 '나'의 모습인 것을 인정했다. 지난날의 상처도 아픔도 꺼내야만 치유될 수 있다는 것을 알게 되었다. 막상 꺼내놓으니 나는 꽤나 많은 것을 잘 감당하고 온 용기 있는 사람이었다. 나 스스로를 칭찬해 주었다.

나만의 루틴을 만들어 간지 3개월을 넘기고 있다. 모두가 살아가면서 많은 벽에 부딪힌다. 그럴 때마다 '더 빨리'를 외치고 질주한다. 빠른 걸음으로 이 세상을 완주하려고 앞만 보고 걸어갈 때는 보이지 않고 들리지 않았다. 느린 걸음으로 천천히 나와 호흡하고 나의 내면에 귀 기울이니 보이고 들리기 시작한다. 끊임없이 소통하고 싶은 나 자신과 마주할 수 있을 때 드디어 다시 뛰기 시작한다. 내가 가야 할 방향이 어디인지 조금씩 느끼고 있다. 바쁜 세상을 이기는 힘은 내 안에 있다. 때로 느린 걸음으로 내가 견뎌왔던 세상을 지긋이 바라보면 나도 참 괜찮은 사람인 것을 볼 수 있다. 그래서 가슴 뛰는 삶을 다시 살아낼 수 있는 희망을 발견한다. 우리 모두 한 번쯤은 느리게 걷는 연습이 필요할 것 같다.

마치는 글

'변화와 성장을 위한 첫 걸음'

과거의 경험이 지금의 나를 만든다는 것은 인생의 진리이다. 어떤 경험이든지 오늘의 나로 살아갈 수 있는 원동력이 되었다는 점이다. 힘든 좌절을 겪고 나면 왜 나만 이런 아픔과 시련을 겪어야 하는지 세상에 분풀이도 하고 싶고 억울한 마음이 들어 늪으로 빠져들곤 한다. 나만 그렇게 아픈 줄 알았는데 다른 사람의 더 큰 아픔을 보고 다시 힘을 냈던 경험은 누구에게나 있을 것이다. 저자 또한 약하고 여린 감정의 소용돌이 속에서 힘든 시간을 보냈다. 그래도 변화하고 싶은 갈망으로 이겨낸 경험을 담았다. 좌절하고 멈추고 싶을 때에도 간절한 꿈을 담을 수 있었기에 삶을 돌아보고 많은 이들에게 전해 볼 용기가 생겼다. 이 책을 통해 독자 여러분에게 전하고 싶은 메시지를 담아본다.

첫째, 말 한마디를 가장 귀한 재산으로 여기고 살았으면 좋겠다.

누구나 말은 그럴듯하게 잘할 수 있지만 실제 자신의 삶에 적용하는 것은 쉽지 않다. 그래서 사람들은 말보다는 몸소 행동으로 보여주면 된다고 생각한다. 하지만 의사소통의 기본은 우리 입 밖으로 던져지는 '말'이 먼저다. 말이 많아도 안 되고 없어도 안 된다. 그만큼 사람들과의 관계를 맺을 때 가장 중요한 것이 '말'이기 때문이다. 자녀와의 대화, 부부간의 대화, 직장동료와 업무적인 대화, 오랫동안 만나온 사람들과의 대화… 가장 좋은 대화는 서로의 마음을 알 수 있는 통로에서 시작된다. 소통전문 강사인 김창옥씨가 "사람이 망하는 것은 힘들어서가 아니고 위로받지 못해서 망하는 것이다."고 말한 적이 있다. 말 한마디가 누군가를 살릴 수도 있고, 한순간 무너지게 할 수도 있다는 뜻이다. 생각없이 내뱉는 무지에서 탈피하여 사려 깊고 배려가득한 말을 하면 내 주위에 사람들이 모이게 된다. 귀하고 가치 있는 말을 하고 살면 다른 사람을 살리기 전에 내 삶이 가장 풍요롭고 축복이 된다는 사실을 잊지 말았으면 한다.

둘째, 작은 일이지만 정성을 기울이면 그것이 곧 자신의 브랜드가 된다는 사실을 기억하면 좋겠다.

아무리 작은 일이라도 정성을 담아 10년간 꾸준히 하면 큰 힘이 되고, 20년을 하면 두려울 만큼 거대한 힘이 되고, 30년을 하면 역사가 된다는 중국속담이 있다. 작고 사소한 경험을 통해 성공경험이 많은 사람일수록 큰일도 더 잘 해낼 수 있다고 생각한다. 아이들에게 인내를 가르치는 일은 갈수록 힘든 과제가 된 듯하다. 경쟁사회에서 '빨리 빨리'만 외치다가 조급함과 서두름만 보여주고 있지는 않나 생각해 보아야 한다. 한 가지 일을 꾸준히 오랫동안 하는 것은 쉽지 않은 일이다. 막상 좋아보여서 시작한 일도 깊이 들어가면 힘들고 괴로운 일들이 많다. 25년 동안 아이들을 가르치고 교사와 학부모를 대하며 많은 상담을 해왔다. 그냥 열심히 하니 저절로 만들어진 것이라 생각했다. 그러나 그 시간들은 내게 많은 가르침을 주었다. 그리고 역사가 될 만큼 나의 생각과 가치관을 만들어 주었다. 하찮다고 생각한 적도 있었고, 왜 이 일을 하고 있는지 방향성을 잃을 때도 있었다. 그러나 꾸준히 정성을 들여 하다 보니 내가 어떤 사람인지를 증명하게 해준 시간이었다. 지금 하고 있는 일이 보람과 가치가 없다고 혹시 느끼고 있더라도 그 안에서 내가 잘할 수 있는 일을 발견하는 꾸준함으로 이겨내라고 말하고 싶다. 그 후엔 반드시 나만이 할 수 있는 일이 펼쳐질 수 있다고 믿는다.

셋째, 자신의 삶을 많은 사람들에게 전하는 용기를 갖고 살았으면 좋겠다.

요즘 사람들은 늘 바쁘다. 열심히 사는 사람이 더 열심히 살고, 바쁘게 사는 사람이 더 바쁘게 살아간다. 느긋하고 여유있게 사는 사람 중에 바쁘지 않다는 뜻이 아니다. 정신없이 시간을 보내면서도 내 삶을 돌아보는 멈춤이 필요하다는 것이다. 바쁜 삶을 사는 사람 중에 그냥 하루를 허비하고 남에게 과시하며 바쁜 척 하며 지내는 사람도 많다. 실제로 바쁘고 치열하게 사는 사람의 대부분은 자신을 가장 귀하게 생각하고 세상을 살아가는 지향점이 뚜렷하다. 그래서 오히려 더 여유를 갖고 삶을 바라볼 줄 안다. 변화와 성장을 도모하는 사람은 다른 사람을 위해 아낌없이 자신을 내어준다. 다시 말해서 자신의 삶을 통해 세상의 유익을 주기위한 노력을 멈추지 않는 사람으로 살게 된다. 꼭 책을 쓰지 않아도 얼마든지 다른 이들에게 용기있게 나를 보여줄 수 있는 방법은 있다. 다만 두려운 마음을 극복하지 못해서가 아닐까?

"용기란 두려움에 대한 저항이고, 두려움의 정복이다. 두려움이 없는 게 아니다." 미국의 유명한 소설가 '마크 트웨인'이 한 말이다. 누구나 두려움이 있다. 그 두려움을 이겨내는 힘이 용기라는 사실은 다 알고 있다. 중요한 것은 실천이다. 내 자녀에게도, 직장동료에게도, 주위 사람들에게도 내 삶을 통해 선하고 유익한 영향을 끼칠 수 있는 일은 작은 용기에서부터 시작됨을 잊지 말았으면 좋겠다.

첫 번째 책《행복의 길을 여는 위대한 유산》에 이어 두 번째 책을 출간하면서 느낀 점이 많다. 글을 쓰지 않았던 긴 시간보다 열심히 글을 쓰며 지낸 최근 몇 개월 동안이 훨씬 행복했음을 실감하고 있다. 그만큼 나의 삶을 진지하게 돌아볼 수 있는 시간이 되었고, 이 책을 통해 최선을 다하며 살아온 나를 온전히 믿어주고 응원해주는 사람은 다름 아닌 내가 되어야 함도 깨닫게 되었다.

이 책을 펴기까지 응원과 격려를 아끼지 않은 사람들이 있다. 글을 써본 사람은 안다. 글쓰기가 단순한 작업이 아니라는 사실을. 글 쓰는 삶을 살고 있고, 글에 대해 고민하면서도 열심히 글쓰기를 멈추지 않는 "이은대 자이언트 북 컨설팅" 소속의 많은 작가님들께 가장 먼저 감사를 전한다. 함께 전진하는 그 마음이 큰 감사로 다가오고 있다. 글을 꾸준히 써야한다고 말하는 사람은 많지만 삶 가운데 직접 보여주는 스승은 드물다. 오늘을 잘 이겨내는 사람이 다른 사람의 유익을 돕기 위한 글도 쓸 수 있다고 격려해주었기에 도전할 수 있었다.

모든 것을 멈추고 글쓰기와 운동을 하면서 하루하루 나를 단련시키고 온전히 나 자신에게 몰입할 수 있었다. 나의 아픔과 살아온 이야기가 누군가에게 한 줄의 희망이 될 수 있다고 믿고 집중했다. 물론 두려움도 많았고 약간의 좌절도 있었지만 나 자신에게 솔직해질수록 더 당당하게 써내려갈 수 있었다. 앞으로도 나는 계속 글 쓰는 삶을 살 것이다. 나와 세상을 연결하는 글쓰기를 통해 많은 사람의 유익을 돕는 사람으로 살 것이다. 이만큼 변화하고 발전할 수 있도록 성장을 멈추지 않고 달려온 나 자신을 더 깊이 사랑할 수 있어 기쁘다.

〈작가 김한송〉

슈퍼우먼이 아니어도 괜찮아

인쇄일	2023년 6월 19일
발행일	2023년 6월 23일
저 자	김한송
발행처	도서출판 청연
신고번호	제2001-000003호
주 소	서울시 금천구 독산동 967번지 2층
전 화	(02) 866-9410
팩 스	(02) 855-9411
이메일	san2315@naver.com